KB028812

아름다운 하루

안나 가발다 소설 ㅣ 허지은 옮김

문학세계사

옮긴이 · 허지은

연세대학교 졸업. 프랑스 파리 라 빌레트 국립건축학교에서 유학.
현재 전문 번역가로 활동하고 있음.
번역한 책으로는『줄리아의 즐거운 인생』『인생벌레 이야기』
『위로』『손을 씻자』『롱기누스의 창』『왕자의 특권』
『초콜릿을 만드는 여인들』등이 있음.

아름다운 하루
안나 가발다 지음

•

초판 1쇄 발행일   2010년 4월 20일

•

옮긴이 · 허지은
펴낸이 · 김종해
펴낸곳 · 문학세계사

•

주소 · 서울시 마포구 신수동 345-5(121-110)
대표전화 · 702-1800 ㅣ 팩시밀리 · 702-0084
mail@msp21.co.kr   www.msp21.co.kr
출판등록 · 제21-108호(1979.5.16)
값 9,000원

ISBN 978-89-7075-494-9   03860
ⓒ 문학세계사, 2010

L'Échappée belle

Anna Gavalda

L'Échappée belle
by
Anna Gavalda

아름다운 하루

아직 차에 제대로 타지도 않았는데, 그러니까 한쪽 궁둥이만 뒷좌석에 들이민 채로 차 문 손잡이를 붙들고 있는데, 벌써 올케 때문에 짜증이 나려고 한다.

"뭐예요…… 빵빵거리는 소리 못 들었어요? 10분도 넘게 기다리고 있었는데!"

"오랜만이네요." 이렇게 대답할밖에.

오빠가 뒤를 돌아다보며 한쪽 눈을 찡긋한다.

"어이, 잘 지냈지?"

"그럼."

"트렁크에 짐 실어줄까?"

"아니. 고맙지만 됐어. 짐이라고 해봐야 이 작은 가방하고 드레스뿐인걸…… 뒤쪽 창턱에 놓아둘게."

"드레스라는 게 그거예요?" 둘둘 말아 무릎 위에 얹어 놓은 헝겊 뭉치를 보더니 올케가 눈살을 찌푸린다.

"그래요."

"그게…… 대체 뭔데요?"

"사리예요. 인도 전통 의상."

"아, 사리……"

"진짜 사리가 어떤 건지 언닌 모를걸요. 내가 입고 나면 그때 잘 봐요." 나의 친절한 설명에 뾰로통해지는 올케.

"이제 출발할까?" 오빠가 묻는다.

"응. 아, 아니지…… 저기 길 끝에 있는 아랍 가게에 잠깐만 세워줘. 사야 할 게 있어……"

올케가 한숨을 쉰다.

"뭘 또 빠뜨린 건데요?"

"다리 제모 크림이요."

"그런 걸 아랍 가게에서 사요?"

"왜요? 난 뭐든 라시드 아저씨네 가게에서 사는걸요? 필요한 건 모두 다 거기서 산다고요! 모조리!"

올케는 못 믿겠다는 표정을 짓는다.

"됐어? 이제 가도 되니?"

"응."

"안전벨트는 안 맬 거야?"

"응."

"왜 안전벨트를 안 맨다는 거예요?"

"폐소공포증 때문에."

그리고 안전벨트를 하지 않았다가 죽은 사람이 얼마나 많은 줄 아느냐, 평생 재활원 신세를 지고 싶으냐, 등등 올케의 잔소리가 시작되기 전에 선수를 쳤다.

"그리고 잠을 좀 잘 거거든요. 피곤해 죽겠어."

오빠가 빙긋이 웃는다.

"너, 방금 일어났지?"

"아예 잠을 자지도 않았는걸." 나는 하품을 하는 와중에도 정확하게 짚어준다.

물론 사실이 아니다. 몇 시간을 자긴 잤다. 그렇게 말한 것은 올케의 신경을 긁기 위해서였다. 아닌게아니라 효과가 있었다. 난 올케의 이런 점이 좋다. 절대로 내 예상에서 빗나가지 않는다는 점.

"또 어딜 갔었어요?" 올케가 눈을 가늘게 뜨고 묻는다.

"집에 있었는데요."

"파티를 했어요?"

"아뇨. 포커를 쳤어요."

"포커를?"

"그래요."

올케가 고개를 흔든다. 하지만 너무 세지 않게. 드라이한 머리가 망가지지 않을 정도로만.

"얼마나 잃은 거야?" 오빠가 놀리듯이 말한다.

"잃긴 뭘 잃어? 이번엔 내가 땄다는 말씀."

잠잠. 아무 소리도 들리지 않는다.

"얼마나 땄는지 물어봐도 돼요?" 올케가 콧등에 얹은 이태리제 선글라스를 매만지며 침묵을 깬다.

"삼천."

"삼천! 삼천, 뭐요?"

"그야…… 유로죠. 설마 삼천 루블을 따려고 그렇게 애를 썼을까봐……" 내가 천연덕스럽게 대답한다.

그리고 몸을 동그랗게 말고 낄낄거린다. 이로써 올케에게 가는 내내 생각할 거리를 준 셈이다. 불쌍한 우리 올케, 카린⋯⋯

올케의 머리가 마구 돌아가기 시작했다. 계산기를 두드리는 소리가 들릴 정도다.

"삼천 유로라⋯⋯ 탁탁탁탁⋯⋯ 대체 가루 샴푸 몇 병에 아스피린 몇 곽을 팔아야 삼천 유로가 남는 거야?⋯⋯ 탁탁탁탁⋯⋯ 거기에다가 세금이며 지방세며 임대료하고 부가세를 제하면⋯⋯ 대체 몇 번이나 약국 셔터를 열고 닫아야 삼천 유로가 생기는 거냐고? 참, 새로 생긴 확대사회 보조세라는 것도 내야지⋯⋯ 그럼 팔을 더하고 이를 빼고⋯⋯ 게다가 직원 유급휴가⋯⋯ 십이 남네, 그럼 삼을 곱해서⋯⋯ 탁탁탁탁⋯⋯"

물론, 난 웃고 있다. 부드럽게 굴러가는 오빠네 고급 승용차 뒷좌석에서 한데 모은 팔 안쪽에 코를 처박고 양 무릎을 턱까지 끌어올린 채로. 올케가 정말 특이한 사람이다 보니 골려준 것이 이렇게 고소할 수가 없다.

올케 카린은 약대를 나와 약국을 운영하고 있지만 남들

이 자기한테 약학을 전공한 약사 '선생님'이라고 불러주는 걸 좋아한다.

가족 모임에서 디저트 시간이 되면 요즘 수지가 맞지 않는다고 늘 불평이다. 약국에서는 의학의 상징인 파란색 헤르메스의 지팡이 두 개 사이에 자신의 이름이 새겨진 열 접착식 명찰이 붙은 의사가운을 입는다. 그것도 목까지 단추를 꼭꼭 채워서. 그런데 요즘 들어 올케는 엉덩이 탄력 강화 크림과 카로틴 연질 캡슐을 팔고 있다. 수입이 짭짤해서겠지만 자기 말로는 '예방의학' 부문을 '최적화'한 것뿐이라나.

아까도 말했지만 올케는 우리의 예상을 빗나가는 법이 없다.

가족 중에 주름방지 크림이며 크리니크, 겔랑 같은 화장품을 파는 사람이 생기다니, 이 사실을 알게 된 언니 롤라와 나는 뜻밖의 횡재에 눈 온 날 강아지마냥 폴짝폴짝 뛰었다. 어머, 어머! 언니, 이거 거하게 파티를 열어야겠는걸요? 이제부터 화장품은 꼭 언니네 약국에 가서 살게요. 이런 아양도 모자라 전에 없이 올케를 박사님, 혹은 약사 선생님이라고 불러 줄 마음까지 먹고 있었다.

올케의 약국에 가려면 고속전철을 타야 했지만 뭐, 그 쯤이야! 사실 롤라 언니와 내게 고속전철로 그 먼 프와시 까지 간다는 건 굳은 결심을 해야 하는 일이었다.

반도 못가서 이미 숨을 헐떡거리고 있을 게 뻔했다……

하지만 애서 고속전철을 탈 일이 없어졌다. 일요일 점심식사를 함께 한 다음 올케가 우리의 팔을 잡고 눈을 내리간 채로 어렵사리 말을 꺼냈던 것이다.

"저어…… 그런데…… 아가씨들한테 할인을 해 줄 수가 없을 것 같아요, 왜냐면…… 그게…… 만약에 한 사람두 사람 값을 깎아주기 시작하면 나중엔…… 내 말, 무슨 말인지 이해하겠죠? ……나중엔…… 누군 깎아주고 누군 제값 다 받고 할 기준이 없어지거든요."

"그래도 우리한테 떨어지는 콩고물이 좀 없을까? 샘플은 챙겨 줄 거죠?" 롤라 언니가 배슬배슬 웃으며 물었다.

"아, 그럼요…… 샘플요, 그럼요. 걱정하지 말아요." 올케가 안도의 한숨을 쉬었다.

그리고 올케가 행여 날아갈세라 오빠의 팔을 꽉 움켜쥐고 돌아가던 순간, 롤라 언니는 발코니에서 손키스를 날려 보내며 이렇게 웅얼거렸다. "우리 챙겨줄 샘플이 어디

남아나겠니……"

나는 언니 말에 맞장구를 쳤다. 그리고 우리는 다른 이야기를 하며 식탁보를 털었다.

요즘에는 화장품 건으로 올케를 들볶는 게 우리의 낙이다. 나는 올케를 만날 때마다 비행기 승무원인 내 친구 상드린이 면세로 엄청난 할인을 받게 해 준다고 떠벌린다.

예를 들면.

"참, 언니…… 에스티로더에서 나온 비타민 B12 강화 질소 성분 엑스폴리에이트 더블 제너레이터를 얼마에 샀게요?"

자, 이제 우리의 카린 여사님은 열심히 머리를 굴린다. 두 눈을 감고 정신을 집중시켜 가격표를 생각해낸 다음 마진을 계산하고 세금을 공제해서는 드디어 답을 한다.

"사십오 유로?"

이때쯤, 난 롤라 언니를 끌어들인다.

"그거 얼마에 샀는지 기억나?"

"뭘?"

"상드린이 가져다 준 에스티로더 비타민 B12 강화 질소 성분 엑스폴리에이트 더블 제너레이터 말이야."

"그건 왜?"

"얼마 줬냐고."

"이런…… 갑자기 그런 걸 물어보면 어떻게 해…… 음, 이십 몇 유로 줬던 것 같아……"

올케가 숨넘어가는 소리를 낸다.

"이십 유로라고요? 에스티로더 비타민 B12 질소 엑스더블 젠이? 정말이에요?"

"그랬던 것 같은데……"

"그럴 리가 없어요. 그 가격에 샀다면 그 물건, 가짜예요. 미안하지만 아가씨들이 속은 거라고요. 명품 화장품 병에다 니베아 크림을 담아서 유통시키는 작자들이 있다니까요. 안됐지만 그건 길거리에서 파는 가짜예요! 짝퉁!"

롤라 언니가 뜨악한 표정을 짓는다.

"정말?"

"당연하죠. 제조원가가 얼만데! 에스티로더는 최고급 식물성 원유만 쓴다니까요……"

나는 때를 놓치지 않고 언니에게 묻는다.

"지금 갖고 있어?"

"뭘?"

"뭐긴 뭐야. 그 크림이지……"

"아니, 안 가져온 것 같은데…… 아, 잠깐만! 가져온 것 같기도 해…… 기다려봐, 가방 안에 있나 보고 올게."

언니가 화장품 병을 가지고 와서 전문가에게 보여준다.

우리는 숨을 죽인 채로 반달모양의 안경을 쓰고 꼼꼼히 검사를 하시는 우리의 여사님을 바라본다. 초조한 표정으로 올케의 입술에 시선을 고정시킨 채.

"진짜로 가짜예요?" 롤라 언니가 침을 꿀꺽 삼키며 묻는다.

"아닌데, 이건 진짜 에스티로더인데…… 이 냄새…… 그리고 이 느낌…… 에스티로더는 피부에 발리는 느낌이 아주 특별하거든요. 말도 안 돼…… 이걸 얼마에 샀다고요? 이십 몇 유로? 그럴 리가 없어."

올케가 한숨을 쉬며 안경을 안경집에 집어넣고 안경집을 비오템 파우치 안에 넣은 다음 파우치를 토드 핸드백 안에 담는다.

"말도 안 돼. 그 가격이면 정말 원가인데. 이런 식으로 장사를 하면 우린 어떻게 하라고. 서로 경쟁하는 입장에서 이건 너무 비겁한 짓이야. 정말 너무해. 이건…… 마진도 안 남기고, 대체…… 이럴 수는 없어. 자요, 맥이 다 빠지네요……"

이제 우리의 올케는 난감한 표정으로 디카페인 커피에 넣은 무설탕 감미료를 오래 오래 저어 녹이며 고민을 하기 시작한다.

이때, 제일 힘든 것은 부엌으로 갈 때까지 아무렇지도 않은 척하는 것. 하지만 부엌으로 들어가고 나면 언니와 나는 발정난 칠면조처럼 몸을 비틀며 웃기 시작한다. 엄마가 지나가면서 혀를 끌끌 찬다. "너희들, 왜 그렇게 치사하게 굴어……" 그러면 언니가 발끈하며 대꾸를 한다. "치사하긴요…… 이래봬도 저 크림 하나에 칠십이 유로나 줬는데……" 그리고 우리는 식기 세척기에 몸을 의지한 채 다시 낄낄거린다.

"잘 됐네요. 어젯밤에 딴 돈으로 기름 값이나 좀 나눠내지 그래요? 이번 한 번만이라도……"

"기름 값뿐이겠어요? 도로비도 낼게요."

보이지는 않지만 올케는 틀림없이 만족스러운 미소를 지으며 꼭 붙인 두 무릎 위에 얌전히 양손을 얹고 있을 것이다.

나는 엉덩이를 움찔거리며 청바지 뒷주머니에서 지폐

를 꺼낸다.

"그만둬." 오빠가 말한다.

올케가 구시렁거린다.

"하지만 시몽…… 왜 그러는 거야? 난 자기가 이러는 이유를 알 수가……"

"그만두라고 했잖아." 오빠가 아까와 똑같은 차분한 목소리로 다시 한 번 말한다.

대꾸를 하려던 올케는 아무 말도 못하고 입을 씰룩거리더니 다시 무슨 말인가를 하려다 그만두고 괜스레 허벅지에 묻은 먼지를 떨어낸 다음 사파이어 반지를 만지작거리다가는 손톱을 들여다보다 말고 무슨 말인가를 하려다가…… 마침내 잠잠해진다.

어라, 분위기가 험악하네. 이러다 한바탕 난리가 나는 거 아냐? 올케가 입을 다물었다는 건 전쟁이 시작된다는 뜻인데. 카린 언니가 아무 말 없이 입을 꾹 다물고 있다는 건, 오빠의 기분이 심상치 않다는 뜻이다.

아주 드문 일이지만……

우리 오빠는 절대 화를 내지 않는다. 다른 사람에게 상처 주는 말을 하는 법도 없고 악의라는 것은 눈곱만치도 없으며 남의 험담을 할 줄도 모르는 위인이다. 우리 오빠는 다른 별에서 온 외계인이다. 아마 금성에서 온 것이 아닐까……

오빠를 정말로 좋아하는 우린 가끔 이렇게 묻는다. "사람이 어떻게 그렇게 침착할 수가 있어?"

"나도 몰라."

때론 이렇게 묻기도 한다. "가끔씩은 말이야, 속에 있는 말을 다 해 버리고 싶지 않아? 욕도 좀 하고, 상소리도 좀 하고, 그러고 싶지 않아?"

"그런 건 너희들이 대신 다 해 주잖아……" 천사 같은 미소를 지으며 대답하는 오빠.

그렇다, 우린 오빠를 정말로 좋아한다. 오빠를 아는 사람들은 모두 그렇다. 우리를 돌보아주었던 유모들, 오빠를 가르쳤던 유치원 선생님들, 학교 선생님들, 직장 동료들, 이웃 사람들…… 모두가.

어렸을 때 언니와 나는 오빠에게 숙제를 대신 하라고 시켜놓고는 오빠 방에 퍼질러 앉아 방바닥에 음반을 잔뜩 어질러 놓고 음악을 배경으로 수다를 떨면서 우리들의 미래를 상상해보곤 했다. 우리가 생각하는 오빠의 미래는 이랬다.

"오빠는 너무 착해서 지독한 마누라한테 꽉 잡혀서 살 거야."

정답.

두 사람의 분위기가 험악한 이유는 뻔하다. 분명히 나 때문이다. 오빠와 올케의 대화는 대충 이랬을 것 같다.

어제 오후, 나는 오빠에게 가는 길에 나를 좀 태워 갈 수 있겠느냐고 물어보았다.

"당연하지……" 오빠가 다정하게 대답을 했다. 곧이어 전화기 너머로 올케의 날카로운 목소리가 들려왔다. "자기…… 우린 리무쟁으로 가는 거야…… 아가씨네 집에 들렀다 가려면 한참을 돌아야 하잖아……"

오빠는 올케의 말을 애써 무시하고, 두 사람은 등을 돌린 채로 밤을 보낸다.

오늘 아침, 올케는 뾰로통한 표정으로 식탁에 앉아 유기농 시리얼을 앞에 두고 다시 한 번 투덜거린다.

"아무튼 자기 동생은 너무 게을러. 조금만 일찍 일어나서 우리 집으로 오면 될 텐데…… 솔직히 힘든 직장을 다니는 것도 아니잖아?"

오빠는 대꾸 없이 지도를 들여다본다.

이쯤에서 골이 잔뜩 난 올케는 카우프만&브로드 제품으로 꾸민 욕실로 가버린다. (오빠 집에 처음 가 보았던 때가 생각난다…… 모슬린인지 뭔지, 연보라색 스카프를 목에 두른 올케가 화분 사이를 사뿐히 걸으며 새된 목소리로 프티 트리아농 같은 자기네 궁전을 소개했다. "여긴 실용적인…… 부엌. 여긴 손님용…… 식당. 여긴 중간 문을 닫을 수 있는…… 응접실. 음, 여긴 레오의…… 놀이방. 여긴 부부 욕실. 여긴 빛이 잘 드는…… 우리 부부 방. 그리고 여긴……" 우리는 잠시 올케가 그 집을 우리에게 팔려고 하는 게 아닌가 하는 착각을 했다. 나중에 오빠가 우리 셋을 역까지 바래다주었다. 헤어지려는 순간, 다시 한 번 오빠에게 집 이야기를 했다. "집 좋더라……" "그래, 실용적이지." 오빠가 고개를 끄덕이며 대답을 했다. 돌아오는 내내 언니도 벵상도 나도 침묵을 지켰다. 어쩐지 슬펐던 우리 셋은 모두 마음 한 구석으로 같은 생각을 하고 있었던 것이리라. 오빠를, 형을 잃었다는 생각, 오빠가 빠진 우리 인생은 훨씬 더 힘든 것이 될 것이라는 생각을……) 그리고 올케는 자기네 저택에서 내 집까지 오는 동안 손목시계를 열 번은 들여다보았을 것이고 신호등에 멈추어 설 때마다 한숨을 내쉬었을 것이며 집 앞에서 내가 못 들었다는 그 경적을 울려댔던 것이다. 운전은 오빠가 했지만 경적은 올케가 울렸을 게 뻔하다.

참담, 참담, 또 참담.

오빠, 미안. 나 때문에 이런 일이……
다음번엔 이러지 않을게. 약속해.

다음번엔 좀더 요령껏 해볼게. 일찍 자고 일찍 일어날게. 술도 안 마시고 포커도 안 쳐.

다음번엔 차 태워줄 남자를 구해놓을게…… 정말이야. 정말 괜찮은 남자로 하나 구할 참이라고. 착하고 피부색도 비슷한 사람으로. 외아들이 낫겠지? 그치? 운전면허증이랑 도요타 하이브리드 카가 있는 남자를 하나 잡지 뭐.

이런 남자는 어떨까. 아빠가 우체국에서 일했으니 자기도 당연히 그래야 되는 줄 알고 우체국에 들어가 절대 아파 드러눕는 일 없이 꼬박꼬박 일하는 남자. 물론 담배도 안 피우는 사람으로 말이야. 아닌게아니라 '애인 구함'

사이트에 그런 사항들을 조목조목 적어 올려놓기는 했어. 뭐야, 못 믿겠다고? 쳇, 두고 보면 되잖아. 아니, 그런데 왜 그렇게 웃고 난리야? 바보.

그럼 주말에 시골에 갈 일이 있어도 아침부터 오빠를 괴롭힐 일이 없을 거야. 우체국으로 전화를 걸어서 우리 자기한테 부탁하면 될 테니까. "자기야! 사촌동생이 결혼을 한다는데, 나 좀 데려다 주라. 시골 구석구석까지 잘 찾는 자기 차 GPS가 가르쳐주는 대로만 가면 돼." 짠! 그럼 만사 해결이야.

대체 왜 그렇게 실실 웃고 있어? 이래봬도 나, 꽤 영리하거든. 다른 여자들도 다 그렇게 한다는데 나라고 못할 게 뭐 있어? 착한 남자 하나 붙잡아 노란색 조끼 위에 놀이공원 자유이용권 턱하니 붙이고 데이트도 못할까봐서? 나도 점심시간에 셀리오에 가서 애인 속옷을 사 올 수 있다고. 어머 어머…… 생각만 해도 가슴이 벅차…… 쓸 만한 남자를 빨리 건져야겠다. 덩치 좋고 성격 단순한 사람으로. 그리고 은행 수표책이 부록으로 딸려 있는 남자로.

음, 거기에다가 절대로 화를 내지 않는 사람. 그리고 생각하는 것이라고 해 보았자 전단지에 적힌 가격과 물건 진열대에 적힌 가격을 비교하는 것뿐인 사람. 그리고 이렇게 말하는 사람. "자기야, 망설일 필요 없겠어. 카스트로나 르로이 메를랭이나 마트마다 가격이 다른 이유는 서비스가 달라서야……"

우리 커플은 언제나 지하실을 통해서 집안으로 들어올 거야. 현관을 더럽히면 안 되니까. 계단도 더러워지면 안 되니까 신발도 벗어 둘 거고. 아주 아주 친절한 이웃들하고도 친하게 지낼 거야. 마당에 바비큐 기계도 놓지 뭐. 올케가 늘 주장하는 대로 아이들도 안전하게 놀게 해 줄 겸……

아아, 정말 행복하겠지?

행복은커녕, 난 어느새 잠이 들고 말았다.

오를레앙 부근의 어느 주유소 주차장에서 부스스 일어났다. 비몽사몽. 몽롱한 정신. 흥건한 침. 눈을 뜨기가 힘들었다. 이거 내 머리카락 맞아? 무지하게 무겁게 느껴지는 머리카락. 심지어 정말로 머리카락이 맞는지 만져보기까지 했다.

오빠는 계산대 앞에 줄을 서 있고 올케는 화장을 고치는 중이었다.

커피 자동판매기 앞에 서 있는 나.

30초쯤 멍하니 서 있다가 커피를 꺼내야 한다는 사실을 깨달았다. 설탕도 아무 기대도 없이 커피를 마셨다. 아무래도 버튼을 잘못 누른 것 같았다. 카푸치노에서 토마토 맛이 나다니.

으아, 길고 긴 하루가 될 것만 같은 이 느낌.

우리 셋은 한 마디 말도 없이 자동차에 다시 올라탔다. 올케가 화장품 케이스에서 알코올을 묻힌 종이타월을 꺼냈다. 손을 소독하려고.

올케는 공공장소에 갔다 오면 늘 소독을 한다.

위생이 중요하니까.

올케 눈에는 세균이 보인단다.

카린 언니의 눈에는 털이 무성한 녀석들의 작은 발이,

그리고 녀석들의 무시무시한 입이 보인단다.

믿거나 말거나 그런 이유 때문에 올케는 지하철을 절대로 타지 않는 데다가 기차 타는 것도 탐탁잖아 한다. 사람들이 신발을 신은 채로 발을 좌석 위에 올렸을 것이라는, 혹은 코딱지를 파서 팔걸이 밑에 붙여놓았을 것이라는 생각을 떨쳐버릴 수 없단다.

올케는 아이들한테도 공원 벤치에 앉거나 계단 손잡이를 잡으면 안 된다고 가르친다. 그래서 내 조카들은 공원 구경을 별로 하지 못했다. 엄마 성화에 미끄럼도 제대로 타 보지 못했다. 올케는 맥도날드의 쟁반도 꺼림칙해하고 포켓몬 카드를 친구들과 바꾸어 가지면 큰일이 나는 줄 안다. 종업원이 일회용 장갑을 끼지 않고 햄을 잘라주는 햄 가게나 집게 없이 맨손으로 크루아상을 집어주는 빵집은 상대도 하지 않는다. 조카들이 친구들과 함께 간식을 먹어야 할 일이 있으면 불안해서 어쩔 줄을 모르고 수영장에서는 사상균이 옮을까봐 안절부절못한다.

올케에게 이 세상을 살아간다는 건 위험천만한 일이다.

난 올케의 소독용 알코올 종이타월만 보면 기분이 팍 상한다.

남들을 세균 덩어리로 보는 게 아닌가. 올케는 악수를 하면서도 늘 상대의 손톱을 살펴본다. 언제나 경계태세. 항상 스카프 뒤로 얼굴을 숨기고, 늘 아이들에게 주의를 준다.

만지지 마. 더럽잖니.

손 저리 치워.

다른 애들이랑 같이 쓰면 안 돼.

길에 나가지 마.

땅바닥에 앉으면 안 돼. 더러운 게 묻잖아!

손이 닳도록 씻고 씻고 또 씻는다. 입을 헹구고 헹구고 또 헹군다. 오줌을 눌 때에는 변기에서 엉덩이를 십 센티미터 띄운 자세로 균형을 잡고 눈단다. 아이들의 귀가 깨끗한지 아닌지에 따라 그 애들 엄마의 수준이 결정된다.

언제나.

뭐든 따져야만 직성이 풀린다.

아무튼 알코올 냄새는 정말 역하다. 올케네 친정집에서는 식사 중에 서슴없이 아랍 사람들 이야기를 한다.

사돈어른은 아예 대놓고 아랍놈들이라는 표현을 쓴다.

"아랍놈들은 내가 내는 세금을 타먹으면서 자식새끼를 열이나 낳아 기른단 말이야."라든가,

"배에 태워 모조리 쫓아버려야 해, 그런 버러지 같은 놈들은 ……" 혹은,

"생활보조금을 그렇게 남발하다니, 프랑스란 나라는 완전 호구야. 프랑스 사람들은 죄다 형편없는 머저리라고."라고 말한다.

그리고 이런 이야기로 말을 맺는 경우가 많다.

"나로 말할 것 같으면 일 년 중 여섯 달은 가족을 위해 일하고 나머지 여섯 달은 나라를 위해 일한다고. 그러니 내 앞에서 가난뱅이나 실업자를 도와줘야 한다는 얘기는 꺼내지 말아야지. 나는 말이지, 이틀에 한 번은 애를 열이나 싸질러낸 저 뚱보 깜둥이 여편네를 위해 일한다는 말씀이야. 그런데 누가 감해 내게 도덕이니 뭐니 하는 걸 가르치려 해, 엉?"

좀 특별했던 점심식사가 생각난다. 사실 별로 좋은 추억은 아니다. 조카 알리스의 세례식이 있던 날 점심이었다. 우리는 르망 근교에 있는 올케의 친정에 모였다.

카지노의 지배인으로 근무하는(뭐 그렇다고 해서 거창

한 카지노는 아니고) 사돈어른이 차고 옆에 서 있는 모습을 본 순간, 더 정확히는 멋을 잔뜩 부린 조명등과 잘 빠진 아우디 자동차 사이에 서 있는 모습을 본 순간, 나는 비로소 '거들먹거린다'는 단어의 의미를 제대로 이해할 수 있었다. 어딘지 모르게 우스꽝스러우면서도 오만해 보이는, 자신이 만족스러워 못 견디겠다는 듯한 태도. 불뚝 나온 배 위로 늘어진 하늘색 캐시미어 목도리. 그리고 벌써부터 상대를 혐오하며 악수를 청해오는 그 이상한—너무나도 열렬한—방식이라니.

그날 점심식사를 생각하면 수치스럽다. 나뿐 아니라 롤라 언니와 막내 벵상도 그 날을 치욕의 날로 기억하고 있을 거라고 생각한다……

대화 분위기가 험악해졌을 때 시몽 오빠는 그 자리에 없었다. 오빠는 정원 깊숙한 곳으로 들어가 조카에게 오두막집을 지어주고 있었다.

오빠는 습관이 되어 있었던 것이다. 장인어른이 말문을 열면 멀찌감치 떨어져 있는 것이 상책이라는 것을 이미 알고 있었다.

오빠는 우리와 비슷하니까 축하할 일이 있는 자리에서

실컷 잘 먹고 난 후에 언성을 높이는 일 따위를 좋아할 리가 없다. 괜한 말싸움이 싫어 갈등이 있을 것 같으면 자리를 피하는 것이다. 그런 데에 에너지를 쏟아붓는 것은 정말 쓸데없는 짓이며 그럴 힘이 있으면 아껴두었다가 더 흥미진진한 토론에 써야 한다는 것이 오빠의 생각이겠지. 자기 장인어른 같은 양반들은 전투가 시작되기도 전에 이미 이기고 들어가는 부류이니 일단은 피하고 보는 게 상책이라고 생각하는 것이다.

아니나다를까. 요즘 들어 극우파가 세력을 잡아가고 있다는 이야기가 나오자 사돈어른은 고개를 저으며 이렇게 얘기하는 게 아닌가.

"그야…… 호수 밑바닥에 가라앉은 진흙 같은 게 아니겠소. 당연한 일이야. 그럴 수밖에 없지. 건드리면 위로 떠오르게 되어 있는 게야."

오빠는 어떻게 이런 식사시간을 견뎌내는 걸까? 장인어른을 거들어 울타리를 잘라내는 일 같은 걸 어떻게 해내는 걸까?

레오에게 만들어 줄 오두막을 생각하고 있겠지.

아들아이의 손을 붙잡고 고요한 숲속으로 도망칠 순간

을 손꼽아 기다리고 있겠지.

내가 수치스럽다고 한 이유는 그날 우리 모두가 입을
꽉 다물고 있었기 때문이다.

입을 다물다 못해 아예 기가 죽어 있었다. 자기 배꼽보
다 더 먼 데에 있는 것은 눈에 보이지 않는 꽉 막힌 영감님
의 발언을 우리는 가만히 듣고만 있었다.

그런 게 아니라고 말하지 못했다. 테이블을 박차고 일
어나지 못했다. 속으로는 저 영감탱이는 정말 형편없는
인간이라고 생각하면서도 한입 한입 음식을 천천히 씹고
만 있었고 옷자락을 꽉 움켜쥐고 점잖은 척했다.

한심했다. 아니, 우린 너무나 비겁했다, 너무나……

우린 왜 그 모양일까? 목소리 큰 사람한테 지고야 마는
이유는 대체 뭘까? 우린 왜 공격적인 사람을 만나면 그렇
게 쩔쩔매는 걸까?

뭐가 잘못된 걸까? 어디까지 교양을 지켜야 하는 것이
고 이 나약함은 어디서 시작된 걸까?

그 문제에 대해 우리끼리 수차례 이야기를 나누어보았

다. 피자 쪼가리와 임시로 만든 재떨이를 앞에 두고 후회하고 뉘우치고 반성했다. 우리에겐 목덜미를 잡아 누를 사람이 필요 없다. 알아서 고개를 숙일 만큼 나이를 먹었으니까. 비워낸 술병이 몇 병이 쌓여도 우리의 결론은 매번 똑같았다. 우리가 요 모양 요 꼴인 건, 바보천치들 앞에서 맥을 못 추고 침묵을 지키는 건, 자신감이라는 것을 전혀 갖지 못해서라고. 우리가 스스로를 사랑하지 않아서라고.

자기 자신을 사랑할 줄 몰라서, 그래, 그거다.

우리가 그다지 중요한 사람인 것 같지가 않아서.

배불뚝이 영감님의 면전에 침을 튀기며 열을 낼 만큼 우리가 중요한 사람이라는 자신이 없어서. 우리의 날카로운 쉿소리가 상대방의 생각을 바꾸어 놓을 수 있으리라고는 단 1초도 믿을 수가 없어서. 아무리 우리가 혐오감을 드러내어도, 테이블 위에 냅킨을 집어 던지거나 의자를 뒤집는다 해도 세상이 돌아가는 걸 어떻게 할 수 있을 것 같지가 않아서.

길길이 뛰면서 고개를 빳빳이 쳐들고 자기 집을 나서는 우리를 보며 저 선량한 납세자는 어떤 생각을 할까? 저녁 내내 마나님을 붙잡고 한 말 또 하고 했던 말 또 하겠지.

"뭐 그런 멍청이들이 다 있나. 아니, 뭐 그런 등신들이 다 있냐고. 아니, 세상에, 뭐 그런 머저리들이……"

불쌍한 마나님. 마나님이 무슨 죄가 있다고.

우리가 대체 뭐라고 스무 명이나 되는 사람들의 잔치를 망치겠느냔 말이다.

꼭 비겁하다고만은 할 수 없지 않을까? 현명한 처사였다고 볼 수도 있는 거니까. 한 발 물러설 줄 아는 거였다고. 똥이 더러워서 피하지 무서워서 피하는 건 아니니까. 깐죽깐죽대면서 사방에 문제를 만들어 내는 사람들보단 우리가 훨씬 예의바른 거 아닌가?

그렇다. 우린 또 이런 생각으로 위안을 삼았다. 젊은 나이에 벌써 그렇게 현명하게 처신할 줄 아는 거라고. 개미들 따위가 감히 덤비지 못할 정도의 높은 위치에 서 있는 거라고. 누가 뭐라건 상관없다. 우리에겐 다른 것이 있으니까. 우리에겐 우리가 있으니까. 우리는 다른 식으로 부자니까.

내면이 충실하면 됐지.

우리의 머릿속에는 많고 많은 것들이 들어 있다. 저 인종차별주의자들의 헛소리와는 전혀 상관없는 것들이 가득하다. 음악, 책, 여행, 마주잡은 손, 우리들만의 세계. 카드 영수증 뒷면에 베껴 그린 별똥별, 찢어낸 책장, 행복한 추억들과 고통스러운 기억들. 노래 몇 소절, 그리고 혀끝에 맴도는 후렴구. 오랫동안 간직한 편지들, 가슴을 먹먹하게 만들던 책들, 북슬북슬한 새끼곰과 긁힌 흔적이 있는 음반들. 우리의 어린 시절, 고독, 처음 느꼈던 감동, 그리고 미래의 계획들. 숨죽여 지켜보던 많은 시간들과 걸어 잠근 문. 버스터 키턴(＊1920년대 미국 무성영화시대의 희극 전문 영화배우)의 거꾸로 도는 공중제비. 게슈타포에게 보낸 아르망 로빈의 편지와 미셸 레리스(＊Michel Leiris, 1901-1990, 프랑스의 작가, 시인)의 양떼구름. 클린트 이스트우드가 "아…… 농담하지 말아요, 프란체스카……"라며 등을 돌리던 영화(＊메릴 스트립, 클린트 이스트우드가 출연한 영화 〈메디슨 카운티의 다리〉) 속의 그 장면, 그리고 니콜라 카라티가 사형선고를 받은 환자들을 위해 사형집행인의 형 집행을 돕던 장면(＊이탈리아 영화 〈빛나는 청춘(La Meglio Gioventu)〉의 한 장면. 마르코 툴리오 지오다나 감독의 TV대하드라마로 로마 중류층 가정 카라티 형제의 1966년부터 2003년까지의 삶을 그렸다). 빌리에에서 열린 7월 14일 혁명기념 무도회. 지하실에서 나던 마르멜로 열매 냄새. 우리의 할아버지와 할머니, 그리고 돈키호테와 로시난테, 시골에 대한 환상, 그리고 시험 전날의 밤샘. 멋진 청년이 모는 오토바이를 얻어 탄 시골 아가씨의 레인코트. 프랑수아 부르종의 『바람의 여행자들』, 그리고 어젯밤 언니가 전화로 읽어준 앙드레 고르의 책 『D에게 보낸 편지』의 첫줄, "당신은 곧 여든두 살이 됩니다. 키는 예전보다 6센티미터 줄었고, 몸무게는 겨우 45킬로그램입니다. 그래도 당신은 여전히 탐스럽고 우아하고 아름답습니다." 그 후로 언니와 주거니 받거니 부질없는 사랑타령을 하며 보낸 한 시간. 〈검은 눈동자〉에 출연한 마르첼로 마스트로야니와 크리스토발 발렌시아가의 드레스. 저녁 무렵, 시외버스에서 내리며 맡았던 먼지 냄새와 말에게 먹이는 건빵 냄새. 조각가 랄란느 부부의 정원과 아틀리에. 베르투스 가街의 아파트에 페인트를 새로 칠하던 밤과 언니에게 치근덕대던 테팔 프라이팬(들러붙지 않는 테팔—안전벨트를 절대 매지 않는 남자였음)이라는 별명의 일자무식 멍청이가 일하는 레스토랑 테라스 좌석 밑에 고등어 껍데기를 쑤셔 넣던 밤(진동하는 비린내 때문에 한동안 손님을 받지 못했다). 그리고 다 함께 트럭을 얻어 타고 벵상이 처음부터 끝까지 큰 소리로 읽

어주는 『에따블리』를 들으며 박스에 기대어 있던 그 여행
길. 난생 처음으로 비요르크를 듣고 난 오빠의 얼굴, 그리
고 마쿰바 주차장에 흐르던 몬테베르디.

그 모든 허튼 짓들, 그 모든 후회들, 그리고 언니 대부의
장례식날, 허공을 가득 메웠던 비눗방울들……
빗나간 사랑, 찢어버린 편지들, 그리고 친구와의 전화
통화. 잊지 못할 밤들, 사람을 미치게 만드는 고질적인 강
박관념 그리고 내일 아침, 떠나려는 버스를 놓치지 않기
위해 달리기를 하며 어깨를 부딪칠 그 누구.

이게 다가 아니다. 그 외에도 무궁무진하다.
영혼이 상처받지 않을 만큼 충분하다.
얼간이들과 언쟁을 벌이지 않아도 될 만큼.
그런 사람들은 제발 조용히 해 줬으면.
아무튼 언젠간 제풀에 지쳐버리겠지만.
우리가 딴생각을 하는 동안 나가떨어지겠지만.

그날, 자리를 박차고 나오지 못한 것을 우린 이런 식으
로 합리화했다.

하지만 우리가 이렇게 입이 무겁고 나약한 건, 아무래도 좋다는 식인 건, 엄마 아빠의 잘못이기도 하다.

우리가 이런 건 부모님 때문이다. 아니, 덕분이라고 해야 하나.

우리에게 책과 음악을 가르쳐준 장본인이 바로 부모님이니까. 두 분은 늘 우리에게 다르게 보고 생각하라고 이야기해 주셨다. 더 멀리, 더 높이. 하지만 두 분은 우리에게 자신감을 불어넣어주는 것을 깜박 잊으셨다. 그런 건커가면서 자연스럽게 갖게 되는 것이겠거니 생각하셨다. 알아서 잘 살겠거니. 칭찬을 해 주면 버릇이 나빠지는 줄로만 아셨던 것이다.

땡, 틀렸어요. 잘못 생각하신 거라고요.

그게 그렇지가 않더란 말이죠.

자, 우리가 어떻게 됐는지 좀 보세요. 흥분해 날뛰는 사람들 앞에서 꿀 먹은 벙어리가 되는 고상한 바보들이 되었다고요. 어쩐지 토할 것 같은 기분을 꾹꾹 눌러가면서 말예요.

느끼한 걸 너무 많이 먹어서 그런 거라고요? 뭐, 그럴 수도 있겠네……

우리 가족이 오스고르 근처에 있는 바닷가에 놀러 갔던 어느 날이 기억난다. (우리 집 사람들에게는 '한 가족'이 라는 느낌이 거의 없었기 때문에 온가족이 어디에 가는 것은 아주 드문 일이었다.) 뜬금없이 우리 대장(우리 아빠 는 아빠라고 부르는 걸 질색하셨고 우리들이 아빠를 대장 이라고 부르는 걸 보고 깜짝 놀라는 사람들에게 우리는 이게 다 '68혁명' 때문이라고 대답하곤 했다. 우린 무슨 비밀 암호같이 들리는 '68혁명'이라는 말을 무척 마음에 들어했다. '우리 아빠는 조르그 행성에서 왔거든요.'라고 하는 것과 비슷한 뉘앙스를 풍겼으니까. 아무튼.)이 책을 읽다가 말고는 불쑥 이렇게 말했다.

"얘들아, 이 모래사장 좀 봐라. (오스고르에 웬 모래사 장?) 이 우주에서 너희들이 어떤 존재인지 알겠니? (알고 말고요! 실속 없는 바보들이죠!) 너희들은 모래알이야. 모 래알처럼 사소한 존재들이란다."

그 말을 꼭 믿었건만.
하긴, 믿은 우리가 잘못한 거지만.

"이게 무슨 냄새지?"

내가 라시드 아줌마표 팩을 다리에 바르고 있는 찰나에 올케가 신경을 곤두세우고 뒤를 돌아본다.

"맙소사…… 그게 뭐예요?"

"글쎄, 꿀 아니면 캐러멜에다가 왁스랑 향신료를 섞은 것 같은데……"

"끔찍해라! 정말 역겨워 죽겠네. 그걸 꼭 여기서 발라야 겠어요?"

"어쩔 수가 없는 걸요…… 이대로는 못 가요. 설인이 나타났다고들 난리가 날 거라고요."

올케는 한숨을 내쉬며 앞을 보고 앉는다.

"아무튼지 간에 시트에 묻지 않게 조심해요…… 자기, 창문 열 거니까 히터를 꺼."

……줘요. 나는 속으로 이렇게 올케의 말을 대신 끝맺었다.

라시드 아줌마는 이 팩을 축축한 행주에 싸 주었다.

"요 다음번에 시간 내서 다시 와, 잉? 요즘에 연애가 잘 안 풀리지, 잉? 내가 손을 좀 봐 주야 쓰겄어. 그럼 남자가 왈칵 덤벼들 것잉게……" 아줌마는 한쪽 눈을 찡긋거리며 장담을 했다.

미소가 절로 지어졌다. 하지만 그것도 잠시. 방금 팩을
흘리는 바람에 팔걸이에 얼룩이 져서 급하게 티슈를 뽑아
들고 닦아내느라 혼이 났다. 젠장.

"그런데 아가씨, 옷도 이 차 안에서 갈아입으려는 거예
요?"

"도착하기 좀 전에 잠깐 세워주면 돼요…… 응? 오빠.
으슥한 길 하나 찾아 줄 거지?"

"개암 열매 냄새가 나는 데로?"

"그럼 더 좋고!"

"큰아가씨는요?"

"언니가 뭐요?"

"큰아가씨도 와요?"

"모르겠는데요."

"모르겠다고요?" 올케가 깜짝 놀랐다.

"그래요. 몰라요."

"어떻게 그럴 수가…… 아무튼 아가씨들은 예측할 수가 없는 사람들이라니까. 항상 똑같아. 신비주의 작전이에요, 뭐예요? 좀 계획적으로 움직여주면 안 되겠어요? 단 몇 번만이라도?"

"어제 언니랑 통화했는데 아직 몸을 덜 추슬렀대요. 올 수 있을지 모르겠다고 하더라고요."

"어련하겠어……"

아아, 이런 거만한 말투는 정말 싫다.

"그게 무슨 뜻이에요?" 내가 쏘아붙인다.

"어머! 아무 뜻도 없었어요. 아가씨들은 늘 예측할 수가 없잖아요! 그리고 큰아가씨가 그러고 있는 건, 다 자기 탓이라고요. 아가씨가 자초한 거잖아요, 안 그래요? 마음 내키는 대로 하려다가 그런 처지가 된 거죠. 정말 그런 결정을 내리리라고는 생각도……"

백미러로 오빠의 미간에 잡힌 주름이 보였다.

"아무튼 내가 그런 말을 한 건……"

그래요. 말해 봐요. 언니가 그런 말을 한 건……

"큰아가씨는 문제가……"

"스톱!" 나는 올케의 말을 잘랐다. "스톱! 나, 잠을 좀 자야겠어요…… 다음에 얘기해요."

올케가 짜증을 냈다.

"좌우지간 이 집안 사람들한테는 아무 말도 못 해. 형제들 얘기만 나오면 목에다가 칼을 들이댈 기세로 나오니, 원. 정말 웃겨."

오빠와 나의 눈이 마주쳤다.

"내 말이 웃겨요? 두 사람은 내 말이 우습다 이거예요? 정말 너무하네. 유치해. 나도 나름대로 의견이 있을 수 있는 거 아녜요? 그렇게 아무 말도 들으려고 하지 않으니까 아무도 감히 말을 못 하고, 다들 아무 말도 하지 않으니까 자기네가 제일인 줄 아는 거예요. 자기들에게 뭔가 문제가 있다는 생각을 해 보지도 않는 거라고요. 내 생각을 말해 줄까요……"

됐거든요. 언니 생각에 관심 없거든요!

"철옹성을 치고 남을 무시하는 그런 보호주의 같은 게 도움이 된다고 생각해요? 그건 전혀 건설적이지 못해요."

"그럼 건설적인 건 뭔데요? 어차피 여긴 속물들이 사는 세상인데."

"하, 그것도 마찬가지예요. 제발 그만 좀 해요. 득도한

소크라테스처럼 철학적인 척하지 말라고요. 어울리지도 않게 꼭 늙은이들같이 비장한 척하지 말란 말예요. 그건 그렇고, 이제 그 반죽은 다 발랐어요? 속이 울렁거려서……"

"알았어요, 알았어. 거의 다 했어요." 나는 허연 장딴지를 롤러로 밀면서 올케를 안심시켰다.

"크림은 안 발라요? 모공이 놀랐으니까 바로 수분공급을 해 주어야 해요. 그렇지 않으면 빨갛게 부어올라서 내 일까지 가라앉지 않는다고요."

"젠장, 아무것도 없는데……"

"영양크림 안 가져왔어요?"

"네."

"데이크림도?"

"네."

"나이트 크림도?"

"네."

"아무것도 안 가져왔단 말예요?"

"아뇨. 칫솔 하나, 치약 하나, 겔랑 향수, 콘돔 몇 개, 마스카라, 립 밤은 가져왔어요."

올케는 기가 막힌다는 표정을 지었다.

"화장품 케이스 안에 든 게, 그게 다예요?"

"음…… 그냥 가방 안에 있는 건데요. 난 화장품 케이스 같은 거 안 쓰거든요."

올케는 한숨을 푹 쉬더니 자기 화장품 케이스를 뒤져 커다란 하얀색 튜브를 꺼내주었다.

"자, 이거라도 발라둬요……"

나는 진심에서 우러나오는 미소를 지으며 고맙다고 말했다. 올케도 만족스러운 듯했다. 올케는 주변 사람을 들들 볶는 방면의 챔피언인 반면 남 챙기는 것도 퍽이나 좋아한다. 그런 점은 정말 알아줄 만하지……

게다가 쇼크 먹은 모공을 그냥 내버려 둔다는 건 올케로선 있을 수 없는 일이다. 가슴이 미어져서 못 견딘다.

한참 동안 조용하던 올케가 불쑥 말을 꺼낸다.

"아가씨."

"으응?"

"너무 불공평한 것 같지 않아요?"

"에스티로더 크림 할인은……"

"그게 아니라, 아가씬 어떻게 해도 예쁘다는 거예요. 립글로스 약간에 눈화장만 슬쩍 해도 예뻐지잖아. 이런 말 하는 거, 나도 속상하지만, 사실인걸……"

놀라 자빠질 뻔했다. 올케가 칭찬 비슷한 걸 하다니, 이게 대체 몇 년 만인가. 하마터면 올케를 와락 끌어안을 뻔했다. 하지만 곧 찬물을 끼얹는 우리의 카린 여사님.

"어머! 그러다가 한 통이 다 거덜나겠네! 그 크림, 싸구려 로레알이 아니란 말예요!"

아니나다를까, 너무나 올케다운 뒤처리…… 약한 모습을 보이기 싫어서일까, 상대를 부드럽게 어루만진 끝에는 꼭 한 번 매섭게 꼬집어 준다.

애석하게도 올케는 매번 좋은 순간들을 포기해버린다. 내가 갑작스럽게 올케를 덥석 끌어안았더라면 너무나도 좋은 추억이 되었을 텐데. 막강한 트럭 두 대의 엄청난 키스…… 하지만 그럴 리가. 분위기를 망치지 않으면 우리 올케가 아니지.

가끔씩 올케를 내 집에 데려와 며칠 간 합숙 훈련을 시키면서 인생을 배우게 해야겠다는 생각을 한다.

경계를 풀도록, 긴장을 늦추도록, 목까지 채운 단추를 풀고 다른 사람들의 세균을 좀 잊어버리도록.

편견에 사로잡혀 까칠하게 구는 올케를 보면 가슴이 아려온다. 따지고 보면 올케는 르망의 한적한 주택가에서 자랐고 친정 부모님은 지나칠 정도로 정열적인 분들이다.

그런 셈 치면 올케가 저 정도인 걸 다행으로 생각해야 하는지도……

휴전상태는 오래 가지 않았고 올케는 이제 오빠를 들볶기 시작했다.

"차를 왜 이렇게 빨리 몰아? 좀 천천히 가, 요금소에 거의 다 왔잖아. 이 라디오는 또 뭐야? 아니, 그렇다고 누가 시속 20킬로로 가래? 히터는 왜 껐어? 앗, 오토바이 조심해. 이 방향이 맞아? 지도만 보지 말고 표지판도 좀 보란말이야. 어처구니가 없네, 여기 기름 값이 분명히 더 쌌었는데…… 커브 좀 살살 돌아. 나 매니큐어 칠하는 거 안보여? 정말…… 지금 일부러 그러는 거야 뭐야?"

운전석 머리받침대의 구멍으로 오빠의 목덜미가 보였다. 아름답고 곧은 목덜미와 짧게 자른 머리가.

어떻게 이런 걸 참아낼 수 있는지 궁금했다. 가끔씩은 올케를 나무에 묶어놓고 멀리멀리 도망치고 싶은 생각이 들지는 않는지.

올케는 왜 오빠를 저렇게 막 대하는 거야? 대체 우리 오빠가 어떤 사람인지 알기나 하는 거야? 자기 옆에 앉아 있는 남자가 모형 만들기의 신이라는 걸 알기나 해? 메카노의 명인, 레고 시스템의 천재라는 걸?

어린 나이에 몇 달에 걸쳐 마른 이끼로 바닥을 깔고 흰 빵으로 만든 요상하게 생긴 곤충을 거미줄로 칭칭 감아서 환상적인 행성을 만든 은근과 끈기의 대명사였다는 걸?

네스퀵, 켈로그, 미키 클럽뿐만 아니라 색연필 회사와 각종 유제품 회사에서 주최한 경품대회는 죄다 휩쓴 의지의 소년이었다는 걸?

어느 해였던가, 오빠가 만든 모래성이 너무나 훌륭했던 나머지 심사위원들의 심사대상에서 제외된 적이 있었다. 누군가의 도움을 받았을 것이라는 오해가 있었던 것이다. 할아버지가 오후 내내 우는 오빠를 달래려고 크레이프 집에 데리고 가셨고 거기서 오빠는 사과주를 연거푸 세 사발이나 마셨다.

태어나 처음으로 취해본 술.

자기 말을 묵묵히 들어주는 남편이 한때 몇 달 동안이나 슈퍼맨 망토를 곱게 접어 책가방에 넣어두었다가 학교 울타리를 벗어나기가 무섭게 쓰고 돌아다니던 인물이란 사실을 올케는 대체 알기나 하는 거야? 시청의 고물 복사기를 작동시킬 줄 아는 유일한 꼬마였다는 걸? 카루아 부자 정육점네 딸내미 밀렌의 팬티를 못 본 유일한 남학생이었다는 걸?(차마 밀렌에게 네 팬티에 별로 관심 없어 라는 말은 하지 못하더라.)

시몽 라리오, 속 깊은 시몽 라리오. 아무도 귀찮게 하지 않고 제 할 일을 척척 해내던 꼬마신사.

한 번도 땅을 구르며 떼를 써본 적이 없는 아이. 불평 한마디 하지 않던 아이. 별로 힘들이지 않고 청심환도 한 알 먹지 않고 명문 고등학교와 그랑제꼴에 들어간 아이. 축하파티도 마다하고 길에서 만난 고등학교 교장선생님이 축하한다며 와락 껴안아주었을 때 귀까지 빨개지던 소년. 대마초를 한 모금 빨고는 정확히 20분 동안 바보같이 실실거리던 청년. 그리고 스타워즈에 나오는 온갖 함선의 모든 행로를 알고 있는 사람.

우리 오빠가 성인이라는 말은 하지 않겠다. 그보다 더 훌륭하니까.

그런데 왜, 대체 그렇게 무시를 당하는 거냐고? 이건 정말 수수께끼다. 한 천 번쯤, 난 오빠를 잡고 흔들어 눈을 뜨게 해주고 싶었다. 테이블을 주먹으로 내려치라고 부추기고 싶었다. 천 번쯤.

언젠가 롤라 언니가 오빠에게 쓴 소리를 한 번 하려고 했던 적이 있었다. 오빠는 자기 인생이라는 단 한마디로 언니의 입을 다물게 했다.

그 말이 맞다. 오빠 인생은 오빠의 것이다. 하지만 그럼으로 해서 슬퍼지는 건 우리들이다.

하긴, 바보 같은 생각이다. 우리에게도 나름대로 신경 써야 할 일들이 얼마나 많은데……

우리 중에서 오빠와 가장 많은 이야기를 나누는 건 뱅상이다. 인터넷 덕분에. 둘은 늘 메일로 실없는 농담과 함께 LP판이나 중고 기타, 혹은 모형 애호가 사이트 등의 정보를 주고받는다. 그러는 와중에 오빠는 매사추세츠에 사는 멋진 친구를 한 명 사귀더니 서로 원격 조종 모형 배의 사진을 교환하는 사이가 되었다. 세실(시이슬이라고 발음해야 한단다) W(이건 더브을유) 덜링턴이라는 이름의 그 친구는 마아사스 바인야드(말하자면 마르타의 포도농원) 섬에 있는 대저택에 살고 있다.

롤라 언니와 내가 그랬다. 너무너무 멋지다고…… 마아

사스 바인야드…… 거기가 바로 케네디를 낳은 곳이라는 기사를 파리마치에서 읽은 적이 있다.

비행기를 타고 날아가 이렇게 외치며 세실의 전용 해변으로 달려간다면.

"유후! 위 아 시몽스 시스터스! 다알링 세실! 위 아 쏘우 베리 반가워어!"

푸른 바다색 운동복 상의에 분홍색 낡은 면스웨터를 어깨에 걸치고 크림색 마바지를 입은 세실을 상상해본다. 이건 완전 랄프 로렌 광고의 한 장면이다.

언니와 내가 세실을 만나게 해 달라고 조르자 오빠는 어쩔 줄을 몰라 했다. 뭐야, 우리가 창피하다는 거야?

"자기, 지금 꼭 일부러 그러는 것 같아! 또 삐져나갔잖아!"

"도대체 몇 겹을 바르는 거야?"

"세 겹."

"세 겹이나?"

"베이스코트, 컬러, 그 다음에 탑코트."

"아하……"

"어머나, 브레이크를 밟을 땐 밟는다고 미리 얘기를 해야지!"

오빠가 양 눈썹을 치켜올린다. 아니, 아니다. 한쪽 눈썹을 치켜올린다.

오른쪽 눈썹을 올릴 때, 오빤 무슨 생각을 하는 건지.

우리는 고속도로 휴게소에서 고무처럼 질겨터진 샌드위치를 먹었다. 형편없는 물건이었다. 나는 기사식당에서 오늘의 메뉴를 먹는 게 좋지 않겠느냐고 했지만 "거기 사람들은 채소를 씻는 둥 마는 둥" 한다고. 그렇군. 잊고 있었다. 고로 진공 포장된 샌드위치 세 개. (훨씬 더 위생적이니까.)

"맛은 없지만 최소한 우리 입으로 들어가는 게 뭔지는 알 수 있잖아요!"

사람마다 생각하는 게 다 다르다더니.

우리는 바깥쪽, 쓰레기 차 옆에 자리를 잡고 앉았다. '부아아아앙' 소리와 '부르르르릉' 소리가 2초에 한 번씩 났지만 난 담배를 피우고 싶었고 올케는 담배 냄새를 못 참아 하니 별수없었다.

"화장실에 다녀와야겠어. 썩 훌륭하진 않겠지만 할 수 없지……" 올케가 괴로운 표정으로 말했다.

"풀숲에서 누지 그래요?"

"사람들이 다 보는 데서? 미쳤나봐!"

"좀 깊숙이 들어가면 될 텐데 뭘. 원한다면 내가 같이 가 줄게요……"

"됐어요."

"왜요?"

"신발이 젖을 거 아녜요."

"휴…… 하지만…… 오줌 세 방울쯤 묻는 게 뭐가 그리 대수예요?"

올케는 대답할 가치도 없다는 듯 자리에서 일어났다.

"언니, 그거 알아요?" 나는 짐짓 심각하게 말을 꺼냈다. "언니가 풀숲에서 오줌을 눌 수 있게 되면, 언닌 훨씬 더 행복해질 거예요."

올케가 알코올 티슈를 집어 들며 대꾸했다.

"고맙지만 난 이대로도 아주아주 잘 살고 있어요."

나는 오빠 쪽으로 고개를 돌렸다. 오빠는 옥수수 밭을

하염없이 쳐다보고 있었다. 마치 이삭 하나하나를 세고 있는 것처럼. 얼굴이 썩 좋아 보이지 않았다.

"괜찮아?"

"그럼." 오빠가 내 쪽을 쳐다보지도 않고 대답했다.

"안 그래 보여……"

오빠는 얼굴을 쓱쓱 문질렀다.

"피곤해."

"뭐가?"

"전부 다."

"오빠가? 말도 안 돼."

"어쩌겠냐. 사실인걸."

"일이 힘들어?"

"일. 인생. 모든 것이."

"왜 나한테 그런 말을 하는 거야?"

"너한테 말하지 못할 이유가 없잖아?"

다시 등을 돌리는 오빠.

"이봐! 대체 뭐야? 오빠 그렇게 말하면 안 돼. 오빠 우리 집의 영웅이란 말이야. 잊었어?"

"글쎄 말이다…… 그 영웅이 피곤하니 어쩌겠니."

뒤통수를 맞은 느낌이었다. 오빠가 방황하는 걸 본 건 이번이 처음이었다.

오빠가 흔들리면, 우린 어떡하라고?

바로 그 때, 정말 기적이라고 말할 수밖에 없는 일이 일어났다. 조금 모자라는 삼십오 년 동안 우리 형제자매를 돌보아준 수호성인을 와락 끌어안아도 시원찮을 일이. 그 긴 세월 동안 잠시도 우리에게서 눈을 떼지 않았던 용감한 그분께 감사를. 뭔 일인고 하니, 오빠의 휴대폰이 울렸던 것이다.

고민 끝에 결정을 내린 롤라 언니에게서 온 전화였다. 샤토루 역에서 자기를 태워갈 수 있겠느냐고.

다시 기운이 났다. 오빠는 휴대폰을 주머니에 넣고는 나더러 담배를 한 대 달라고 했다. 올케가 팔꿈치까지 싹싹 문질러 닦으며 돌아와서는 담배 때문에 암에 걸린 사람이 정확하게 몇 명…… 오빠가 마치 파리를 쫓듯이 손을 휘휘 내젓자 올케는 잔기침을 하며 멀찍이 물러났다.

언니가 온다. 언니가 우리랑 같이 가겠단다. 언니가 우리를 버리지 않았으니 나머지 세상은 어떻게 되어도 상관없다.

오빠는 선글라스를 썼다.

미소를 지었다.

오빠의 롤라가 기차를 타고 있으니……

그 둘 사이엔 뭔가 특별한 것이 있다. 우선 18개월 터울로 나이 차이가 제일 적고 어릴 때는 둘이서 늘 꼭 붙어 다니면서 온갖 장난을 쳤다. 언니는 허무맹랑한 상상을 하는 아이였고 오빠는 온순한(그때 이미……) 아이였다. 둘은 함께 도망다니고 길을 잃고 꼬집고 싸우고 서로 괴롭히고 또 화해를 했다. 엄마 말씀이 언니는 오빠를 끊임없이 귀찮게 했단다. 말하자면 오빠 방에 들어가 손에서 책을 빼앗거나 플레이모빌을 발로 걷어차면서 심술을 부렸다는 것이다. 언니가 자기의 소싯적 무용담을 들추어내는 게 싫다고 하자(올케와 같은 부류로 취급받는 느낌이라고) 엄마는 갑자기 노선을 바꾸어 언니가 참 활발한 아이였다고, 동네 아이들을 모두 불러내서는 새로운 놀이를 개발해 노는 창의적인 아이였다고 덧붙였다. 일 분에 수

천 가지 생각을 해내는 '쿨'한 걸스카우트 대장이었으며 시샘 많은 암탉처럼 오빠의 일거수일투족을 감시하는 여동생이었다고. 땅콩버터로 요상 야릇한 간식을 만들어 주는가 하면, TV에서 마징가나 하록 선장이 나올 시간이 되면 레고 더미 속에 파묻혀 있는 오빠를 찾아 데려왔다고.

시몽 오빠와 롤라 언니는 황금시대를 기억하고 있다. 빌리에라는 깡촌에서 살던 그 때 말이다. 우리 모두가 그 시골구석에 살던 시절, 그리고 부모님이 함께 행복해하던 시절. 그때 세계의 시작은 집 앞이었고 세계의 끝은 마을의 끝자락이었다.

둘이는 함께 쫓아올 생각도 않는 황소 앞을 내달렸고 진짜로 유령이 나오는 집들을 찾아다녔다.

마르제발 아주머니네 집 초인종을 줄기차게 눌러대기도 했다. 아주머니가 할머니가 되어 양로원에 가게 될 때까지. 놓아둔 덫들을 망가뜨리고 빨래터에 오줌을 누고 학교 선생님이 숨겨둔 야한 잡지를 찾아냈으며 폭죽을 훔쳐서 맘모스(그 시절 문방구에 가면 종이에 싼 커다란 폭죽을 팔았는데 호랑이, 코브라, 맘모스, 이렇게 세 가지 종류가 있었다)에 불을 붙였고 어떤 나쁜 놈이 산채로 비닐

봉지에 넣어버린 새끼 고양이들을 찾아내기도 했다.

앗싸. 졸지에 새끼 고양이가 일곱 마리나. 정작 좋아한 사람은 우리 대장이었다!

그리고 투르 드 프랑스 자전거 경주 행렬이 마을을 지나던 날…… 오빠와 언니는 바게트를 오십 개나 사서는 샌드위치를 만들어 팔았다. 재주도 좋지. 그 돈으로 장난 감 세트와 초콜릿 바 육십 개를 샀고 내 몫으로는 줄넘기를, 뱅상 몫으로는 조그마한 트럼펫(그때 벌써!)과 새로 나온 따끈따끈한 만화책을 사 주었다.

그랬다, 그땐 다른 시절이었다…… 오빠 언니는 노걸이가 뭔지, 구즈베리 열매 맛이 어떤지를 알았고 쥠 연기를 들이마셨다. 아무튼 간에 둘에게 가장 쇼킹했던 사건은 창고문 뒤에 기록되어 있었다.

〈오늘, 4월 8일, 신부님이 반바지를 입은 걸 봤음〉

그리고 오빠와 언니는 부모님의 이혼을 고스란히 겪었다. 그때 뱅상과 나는 너무 어렸었다. 우린 이삿날이 되어서야 뭔가가 이상하다는 걸 알아차렸다. 반대로 오빠와 언니는 드라마틱한 순간들을 모두 목격했다. 한밤중에 잠이 깨어 계단 맨 꼭대기 칸에 앉아 부모님이 '다투는' 소리를 들었다. 어느 날 밤, 우리 대장이 부엌에 있던 엄청나게 큰 찬장을 쓰러뜨리자 엄마는 자동차를 몰고 어디론가 떠나버렸다.

오빠와 언니는 바로 열 계단 위에서 엄지손가락을 빨고 있었다.

하긴, 이런 이야기를 늘어놓는 것도 다 쓸데없는 짓이다. 둘 사이에는, 뭐랄까, 이렇게 좀 부담스러운 순간뿐만 아니라 늘 통하는 뭔가가 있었으니까. 뭐, 그래도……

벵상과 나는 완전히 달랐다. 우리는 도시 아이들이었다. 자전거를 타기보다는 텔레비전을 즐겨 보던…… 구멍 난 자전거 타이어를 고칠 줄은 몰랐지만 버스표 검사원을 속여먹는 방법이라든가 비상구로 숨어들어가 몰래 극장에 들어갈 수 있는 방법, 혹은 망가진 스케이트보드를 고치는 방법 등은 모두 꿰뚫고 있었다.

그러다가 언니가 기숙학교로 떠나자 더 이상은 기발한 장난거리가 있다고 속삭여 주는 사람도, 정원에서 우리 뒤를 쫓아 뛰어오는 사람도 없어지고 말았다……

언니와 나는 매주 서로에게 편지를 썼다. 언니는 내게 너무나도 소중한 존재였다. 나는 언니를 우상처럼 섬겼고 그림을 그려 보내고 시를 지어 보냈다. 언니는 집에 올 때마다 내게 벵상이 얌전하게 지냈냐고 물어보았다. 그럴 리가 있겠어, 당연히 아니지. 난 이렇게 대답하고는 지난 한 주 동안 벵상이 야비한 장난으로 나를 얼마나 괴롭혔는지 일일이 고자질했다. 그러면 너무나 뿌듯하게도 언니는 벵상을 욕실로 끌고 가서 회초리로 실컷 때려주는 것이었다.

동생이 비명을 지르면 지를수록, 고소하기가 이루 말할 수가 없었다.

그러던 어느 날, 벵상이 괴로워하는 모습을 보면 더욱더 좋을 것 같다는 생각에 나는 욕실 안을 훔쳐보았다. 그런데, 이럴 수가. 언니는 회초리로 기다란 베개를 내리치고 있었고 벵상은 만화책을 읽으며 리듬에 맞춰 비명을 지르고 있었다. 그날, 언니는 여신의 단상에서 굴러 떨어졌다.

그래서 좋은 점도 있었다. 바로 그때 이후로 우리의 레벨이 같아졌다는 것.

이제 언니와 나는 둘도 없는 단짝 친구이다. 그 뭐냐, 몽테뉴와 라 보에티의 관계랄까…… "언니가 언니였고 내가 나였기 때문에"(＊몽테뉴, 『수상록』 제28장 '그가 그였고 내가 나였기 때문에'에서 따온 표현) 따지고 보면 서른두 살 먹은 이 여인이 내 언니라는 사실은 아주 사소하지만 다행한 일이었다. 서로를 찾는 데 시간을 낭비하지 않을 수 있었으니까.

언니는 『수상록』(＊Les Essais, Montaigne)에서 그 어마어마한 이론들을 보여준 사상가, 철학을 하는 것은 죽음을 배워나가는 것이라는 몽테뉴를, 나는 권력의 남용과 무릎 꿇은 약자에게만 힘을 발휘하는 폭군에 대해 『자발적 예종을 거부한다』(＊Discours de la servitude volontaire, La Boétie)는 라 보에티를 추종했다. 언니는 진정한 인식을, 나는 법을 사랑한다. "우리들은 모든 것을 반분하며 살았다." 둘 중 한 사람이 없는 상태에서는 "어쩐지 반쪽밖엔 안 되는 것만 같다."(＊몽테뉴, 『수상록』, 제28장)

그렇지만 우리에겐 다른 점도 상당히 많다…… 언니는 자신의 어두운 면을 두려워하지만 나는 그런 것들을 깔고 앉아버린다. 언니는 사랑의 시를 수첩에 옮겨 적지만 나는 영화를 다운받는다. 언니는 그림을 좋아하지만 나는 사진이 더 좋다. 언니는 마음속의 말을 절대 입에 담지 않지만 나는 떠오르는 것을 모두 말로 해야 직성이 풀린다. 언니는 의견충돌을 좋아하지 않지만 나는 모든 것이 명확한 게 좋다. 언니는 '알싸한 취기'를 사랑하지만 나는 부어라 마셔라 하는 편이다. 언니는 외출을 즐기지 않지만 나는 집에 돌아가는 게 싫다. 언니는 놀 줄을 모르고 나는 잠잘 생각을 않는다. 언니는 늘 침착하지만 나는 내 분을 못 이겨 폭발을 하곤 한다.

언니는 일찍 일어나는 새가 벌레를 잡는다고 하지만 나는 아침엔 제발 목소리를 좀 낮추어 달라고 한다. 언니는 낭만적이고 나는 현실적이다. 언니는 결혼을 했고 나는 이 남자 저 남자를 전전한다. 언니는 사랑하지 않는 남자와는 잠자리를 함께 할 수 없다고 하지만 나는 콘돔을 준비하지 않은 남자와는 잘 수 없다. 언니는…… 언니에게는 내가 필요하고 내게는 언니가 필요하다.

언니는 나를 판단하지 않는다. 있는 그대로의 나를 인정해준다. 우중충한 얼굴로 비관적인 생각을 할 때도, 혹은 볼이 발그레해져 가지고서는 황금빛 생각을 할 때도.

언니는 뜬금없이 모자 달린 비옷을 입고 싶거나 아찔한 하이힐을 신고 싶은 그 못 말리는 욕구를 이해한다. 언니는 신용카드가 뜨거워지도록 그어대는 기쁨을, 그리고 카드가 식자마자 밀려오는 죽고 싶을 정도의 죄책감을 헤아려준다. 언니는 내게 칭찬을 아끼지 않는다. 내가 옷가게 탈의실에서 옷을 입어보고 있노라면 커튼을 젖히고는 늘, 정말 예쁘다, 아니, 엉덩이가 하나도 안 커 보여, 이렇게 말해준다. 언니는 매번 나의 남자관계가 어떻게 되어가고 있느냐고 묻고 내가 애인들 이야기를 해주면 입을 비죽거린다.

한동안 서로 만나지 못하다가 오랜만에 시간이 나면, 언니는 나를 데리고 보핑거(*Bofinger, 파리 바스티유 가에 있는 알자스식 선술집)나 발자르(*Balzar, 1898년에 문을 연 파리 소르본 대학 근처의 유서 깊은 선술집) 같은 술집으로 간다. 웨이터들을 쳐다보려고. 나는 옆 테이블에 앉은 남자들에게 집중하고 언니는 웨이터들을 관찰한다. 언니는 몸에 꽉 끼는 조끼를 입은 남자 웨이터들에게 홀딱 반해서 눈으로 웨이터들을 쫓으며 따로 만나는 상상을 하고 그들의 완벽한 태도를 분석한다. 우스운 건, 그 웨이터들이 일을 끝내고 술집을 나가는 순간이 반드시 닥친다는 것이다. 그럼 그들에겐 더 이상 특별한 것이 없어지고 만다. 새하얗고 커다란 앞치마를 청바지나 운동복 바지로 갈아입고서 동료들에게 툭툭 반말을 던지며 인사를 한다.

"베르나르, 안녕!"

"담에 봐, 미미. 낼도 나옴?"

"바보 아냐? 당근이지."

언니는 눈을 내리깔고 손가락으로 접시에 동그라미를 그린다. 환상 속의 웨이터들이여, 영원히 안녕……

우리가 한동안 못 만나던 시절이 있었다. 기숙학교, 대학, 결혼, 시부모 댁에서 보내는 휴가, 저녁식사……

드문드문 만나긴 했지만 뭔가가 아쉬웠다. 우린 이제 같은 편이 아니었다. 그보다는 팀을 바꾸었다고 해야 하나. 언니는 경쟁관계에 있는 팀에서 뛰는 건 아니었지만 우리로서는 약간 권태로워 보이는 리그에서 뛰게 된 것이었다. 이해할 수 없는 규칙 투성이인 멍청한 크리켓 경기 같은 것. 뭔지도 모르는 어떤 것을 뒤쫓는, 게다가 상처까지 받는 게임…… 딱딱한 코르크에 가죽을 덧씌운 요상한 물건을 목표로 뛰고 또 뛰는. (언니, 어때! 일부러 그런 건 아니지만 내가 딱 맞게 요약을 했지?)

'소시민'일 뿐인 우리들로 말하자면,

멋진 잔디밭…… 흠 흠! 맥주 캔, 그리고 재주넘기.

폴로셔츠를 입은 청년들…… 꺄악, 꺄악! 뒤에서 머리 끄덩이 잡고 싸우기.

뭐, 이런 식이었다, 다들 이해하실 수 있으리라 생각한다…… 다시 말해, 포세이돈 분수 가를 산책할 만큼 점잖지는 못하다는 것……

이리하여 우리는 멀찍이서 살며시 손인사를 하는 것으로 만족하게 되었다. 언니가 나를 첫 아이의 대모로 삼은 것(세례반 옆에 서서 난 눈물을 흘리고야 말았다……), 그리고 내가 처음으로 겪은 사랑앓이를 언니에게 털어놓은 것 등 일종의 큼직큼직한 행사들 외에는 이렇다 할 일들이 없었던 것이다. 생일, 가족모임, 남편과 아이 몰래 피운 담배, 공모자들의 윙크, 혹은 어깨에 닿은 언니의 머리를 느끼며 같은 사진 쳐다보기……

그런 게 인생이었다…… 적어도 언니의 인생은 그랬다.

존중해 줄 것.

그러던 언니가 우리에게로 돌아왔다. 재를 뒤집어쓴 채, 성냥갑을 돌려주러 온 방화광의 광기어린 눈을 하고서. 언니는 이혼을 하려고 한다는, 아무도 예상치 못한 말을 꺼냈다. 깜찍하게도 그동안 우릴 속여 왔던 것이다. 모두들 언니가 행복해한다고 생각했는데. 게다가 난 출구를 그렇게나 빠르고도 쉽게 찾아낼 수 있었던 언니가 스스로를 대견하게 여기고 있다고 믿었다. "롤라는 좋은 걸 다 갖추었어." 우리가 했던 이런 말들은 시샘이 섞이거나 가시가 돋쳐 있는 것이 절대 아니었다. 롤라는 보물찾기를 제대로 하고 있는 거야……

그런데, 웬 청천벽력이. 비상, 비상. 프로그램이 변경되었음.

언니가 느닷없이, 그것도 전혀 어울리지 않는 시간에 집으로 날 찾아왔다. 아이들을 씻기고 잠자리 동화를 읽어줄 시간에. 언니는 울면서 미안하다고 했다. 진심이야, 이 땅에서 내 존재를 확인시켜 주는 건 주위 사람들뿐이고, 나머지는, 내 머리 속에 있는 생각들, 나만의 삶, 그리고 내 영혼 속의 모든 사소한 기복들은 하나도 중요하지 않은 것 같아. 즐거운 척, 아무렇지도 않은 척 멍에를 끌

어야 했어. 그게 힘들어지기 시작하니까, 고독해지더라,
그림을 그렸지…… 산책도 했어. 유모차를 밀면서. 근데
그 산책이 점점 더 길어지더라고. 동화책, 빠져나오기 힘
들 정도로 안락한 일상.

그래. 정말 편했지. 카스토르 신부님이 쓴 동화책, 『빨
간 닭』 알지? 난 세상 끝에 서 있는 빨간 닭이었어……

빨간 닭은 살림을 참 잘해요……
가구 위엔 먼지가 한 점도 없어요,
꽃병엔 꽃이
그리고 창가엔 곱게 다림질한 커튼이.
엄마 닭의 집에 가는 건 정말로 즐거워요.

다 좋아, 좋다고. 근데, 그 빨간 닭이 꿱, 목이 비틀리고
말았어.

다른 사람들과 마찬가지로 난 얼이 빠져버렸다. 할 말
이 없었다. 언니는 불평 한마디 한 적이 없었고 나에게조
차 회의가 든다는 귀띔 한번 하지 않았으며 바로 얼마 전
에 사랑스러운 둘째아들을 낳은 참이었다. 다들 언니를

사랑했다. 언니는 사람들이 흔히 말하듯 모든 걸 가진 여자였다. 아무것도 모르는 사람들이 흔히 말하듯이.

태양계가 고장났다는 말을 들으면 어떻게 반응해야 하는 걸까? 그런 경우엔 무슨 말을 해야 하나? 빌어먹게도 여태까지 우리의 갈 길을 인도해 준 사람이 바로 언니였다. 우린 언니를 믿었다. 아니, 어쨌거나 다른 사람은 몰라도 난 언니를 철석같이 믿고 있었다. 우리는 보드카 병나발을 불며 맨바닥에 오래오래 앉아 있었다. 언니는 눈물을 흘리며 뭐가 뭔지 모르겠다는 말을 되풀이했고 한동안 입을 다물고 있다가 또다시 눈물을 흘렸다. 어떤 결정을 내리든 간에 난 불행할 거야. 떠나든지 남아 있든지 이제 내 인생은 더 이상 살 가치가 없어.

난 보드카의 힘을 빌려 몇 마디 뼈있는 소리를 했다. 이거 왜 이래! 지금 바다 위에서 표류하는 것 같지? 하지만 언니만 그런 게 아니라고! 경기 규정 안내서가 전화번호부만큼이나 두꺼워 보이지? 빌어먹을 잔디밭 위에서 헉헉대고 뛰어다니는데, 응원해 주는 사람이 아무도 없는 것 같지? 형부가 그 마음을 몰라주는 것 같지? 하지만 언젠가는, 음…… 암튼, 조금만 더! 힘을 내란 말이야!

언니는 내 말을 듣지 않았다.

"그리고 애들을 봐서라도…… 조금만 더 참을 수 없겠어?' 결국 난 언니에게 새 티슈 통을 건네며 머뭇머뭇 이렇게 말해버리고 말았다. 내 말에 언니의 눈물이 싹 말랐다. 그러니까 넌 하나도 이해를 못 한 거네. 이 난리를 치는 게 다 애들을 위해서야. 애들에게 고통을 주지 않으려고. 한밤중에 엄마아빠가 싸우고 우는 소리를 듣지 않도록 해주려고. 그리고 부모가 서로 사랑하지 않는 집에서 애들이 어떻게 자라겠어, 안 그래?

그건 그렇지. 크긴 하겠지만 제대로 자라진 않겠지.

그 다음은 더 험악했다. 양쪽 변호사, 눈물, 공갈협박, 고민, 하얗게 지새운 밤들, 피로, 포기, 죄책감, 상대편의 고통 때문에 느끼는 또 다른 고통. 공격, 증언, 법정, 가족 모임, 소환, 답답함, 그리고 벽에다 이마 찧기. 그리고 이런 와중에서도 언니가 끊임없이 어릿광대짓을 해 가며 방귀쟁이 왕자와 추위에 몸이 굳은 공주 이야기를 들려주던 맑은 눈망울의 남자아이 둘. 그게 바로 얼마 전의 일이었고 그 불씨가 채 꺼지지도 않았다. 조금만 건드려도 꼬리에 꼬리를 문 고통이 언니를 다시 침식할 게 뻔했다. 언니가 가끔 힘든 아침을 맞이한다는 것을 난 잘 알고 있었다. 언니는 아이들이 아빠 집으로 가고 나면 현관의 거울을 보며 오랫동안 운다고 내게 털어놓았다.

눈물에 온몸이 녹아내릴 때까지.

사정이 이러하니 이 결혼식에 오고 싶었을 리가.

일가친척들과 부딪쳐야 하는데. 외삼촌들이며 늙은 외숙모들이며 먼 사촌들까지. 이혼이란 걸 하지 않은 사람들. 그럭저럭 맞춰 살아가고 있는 사람들. 어떻게든 다른 방법을 찾은 사람들. 어렴풋이 동정하는 듯한 표정, 혹은 의외였다는 듯한 막연한 표정들. 그 모든 겉치레들. 깨끗한 하얀색, 바흐의 칸타타, 달달 외워둔 영원히 변치 않겠다는 서약, 중고등학생 조카들의 쑥덕거림, 웨딩케이크 위, 칼 하나를 함께 잡은 두 손, 그리고 발이 너무나 아파오기 시작될 무렵에 연주되는 아름답고 푸른 도나우 강. 하지만 그 무엇보다 아이들. 다른 사람들의 아이들.

술잔에 남은 술을 마시고 빨개진 귀를 하고는 예쁜 옷을 더럽히며 하루 종일 사방으로 뛰어다니는 아이들, 일찍 자러 가지 않게 해달라고 조르는 그 아이들.

가족이 모일 이유를 제공해 주는, 그리고 우리에게 그

모임을 견딜 수 있도록 해 주는 아이들.

처다보면 언제나 기분이 좋아지는 아이들. 춤을 제일 먼저 시작하려고 무대로 나서는 아이들, 웨딩케이크가 맛없다는 말을 서슴없이 하는 아이들. 태어나 처음으로 열렬한 사랑에 빠졌다가 지칠 대로 지쳐 엄마의 무릎 위에서 잠이 드는 아이들.

언니는 큰아이 피에르를 들러리로 세우려고 했었다. 널찍한 허리띠 아래에 매단 광선검이 잘 있는지 확인하고는 부조금에서 몇 푼을 슬쩍할까 말까 고민할 녀석. 하지만 언니는 법정에서 받은 달력을 잘못 보았다는 것을 깨달았다. 아빠에게 가야 하는 주말이었던 것이다. 작은 바구니도, 성당 앞뜰에서 신랑신부에게 뿌리는 쌀도 포기해야 했다. 우리는 언니에게 애들 아빠에게 전화를 걸어 날짜를 바꿀 수 있는지 알아보라고 넌지시 권했다. 언니는 대꾸조차 하지 않았다.

하지만 언니가 오고 있다! 그리고 우리를 기다리고 있을 벵상! 우리 넷이서만 멀찍이 떨어진 테이블을 차지하고 앉아 바닥난 술병 몇 개를 마주하고 솔랑주 외숙모의 모자와 신부의 엉덩이와 우리 사촌 위베르의 당나귀 귀를 덮은 대여용 실크모자에 대해 이러쿵저러쿵 평을 할 수 있겠지. (위베르의 엄마인 우리 외숙모는 '하느님의 작품을 망칠 수는 없다.'는 이유로 은근히 아들의 성형수술을 권하는 주변의 말들을 싹 무시하는 분이다.) (봐라! 고대 조각상처럼 잘생겼지 않니?)

우리 편이 다시 뭉쳤다. 삶이 다시 전력질주를 하기 시작한다.

나팔이여, 울려라! 새들이여, 노래하라! 우린 가스코뉴와 카르봉, 그리고 카스텔 그 뭐라나 출신의 삼총사와 달타냥이다!

"왜 이리로 나가는 거야?"

"롤라를 태워 가기로 했어." 올케의 말에 오빠가 대답했다.

"어디서?"

"샤토루 역에서."

"농담이지?"

"아니. 롤라가 40분 후에 도착한댔어."

"왜 나한테 얘기 안 한 거야?"

"깜박했어. 조금 전에 전화를 받았거든."

"언제?"

"아까 고속도로 휴게소에 있을 때."

"난 아무 소리도 못 들었는데."

"화장실에 갔었잖아……"

"알 만해……"

"뭘?"

"아무것도 아냐."

새언니의 입술은 아무것도 아닌 게 아닌 이야기를 하고
있었다.

"뭐 잘못된 거라도 있어?"

"아니. 없어. 아무것도 없어. 단지 다음번에는 차 지붕
위에 택시 푯말을 붙이라는 말을 하고 싶었을 뿐이야."

오빠는 대꾸를 하지 않았다. 핸들을 잡은 손의 관절 마
디마디가 하얗게 변했다.

올케는 두 아이, 레오와 알리스를 친정에 맡기고 말하
자면, 따옴표, 남편과 사랑이 충만한 주말을, 말줄임표, 따

옴표, 보낼 예정이었던 것이다.

분위기가 벌써부터 심상치 않다! 후끈 후끈.

"그런데…… 아가씨들도 우리랑 같은 호텔에 방을 잡을 거예요?"

"아니, 아니. 걱정 말아요." 나는 고개를 가로저으며 대답했다.

"어디 예약해 둔 곳 있어요?"

"어…… 없는데요."

"그럼 그렇지…… 혹시나 했네."

"하지만 괜찮아요! 우린 아무 데서나 자도 상관없거든요! 폴 숙모네 집에서 자면 돼요."

"폴 숙모님 댁에 남는 침대가 없을 거예요. 엊그제 전화로 다시 한 번 말씀하셨단 말예요."

"그럼 밤을 새지 뭐. 이제 됐죠?"

새언니가 파시미나 숄에 달린 술을 배배 꼬며 뭐라고 중얼거렸다.

못 알아들을 말을.

공교롭게도 기차는 10분이나 연착을 했고 승객들이 다

나온 후에도 언니의 모습은 보이지 않았다.

오빠와 나는 안절부절못했다.

"샤토루 역이 확실해? 샤토뎅 역인데 착각한 거 아냐?"
올케의 일침.

그런데, 저기…… 언니가, 언니가 나타났다…… 플랫폼
저 끝에. 롤라 언니는 마지막 객차에 타고 있었다. 급하게
잡아탔을 테지만 기차를 놓치지 않았던 언니는 양 팔을
흔들며 우리를 향해 걸어왔다. 내가 보고 싶어 하던 변함
없는 바로 그 모습으로. 미소를 머금은 입술, 몸을 약간씩
흔드는 걸음걸이, 굽 낮은 신발, 흰 셔츠와 낡은 청바지 차
림으로.

언니는 이상한 모자를 쓰고 있었다. 검은색 굵은 능직
비단으로 만든 넓은 리본을 두른 챙이 넓은 모자.

언니가 내 뺨에 입을 맞추며 말했다. 어머, 너, 예쁘다.
머리를 잘랐구나? 그리고 오빠의 뺨에도 입을 맞추며 등
을 토닥였다. 올케 차례가 되어서는 그 큰 모자를 벗었다.

올케의 세팅한 머리가 망가지면 안 되니까.

　모자를 둘 데가 없어서 자전거 칸을 타고 와야 했다는 언니는 샌드위치를 사게 역의 구내식당에 들렀다 가도 되겠느냐고 물었다. 올케는 손목시계를 들여다보았고 나는 그 틈을 타 잡지를 한 권 샀다.

　화장실에 들고 가는 잡지. 낯짝이 간지러운……

　우리는 다시 차에 올라탔다. 언니는 올케에게 모자를 좀 맡아달라고 했다. 무릎 위에 얹고 가주면 고맙겠다고. 고맙긴요, 올케는 억지 미소를 지으며 대답했다.

　언니는 고개를 갸우뚱하면서 대체 분위기가 왜 이래? 하는 표정을 지었고 나는 하늘을 올려다보며 늘 그렇지 뭐, 하는 표정을 지었다.

　언니는 씩 웃으며 오빠에게 음악을 틀자고 했다.

　올케가 대신 대답을 했다. 내가 머리가 아파서.

　나도 씨익.

　그리고 발톱에 바를 매니큐어 가지고 있는 사람 없느냐고 묻는 언니. 한 번, 두 번, 대답 없음. 마지못한 우리의 사랑하는 약사님이 빨간색 작은 매니큐어 병을 건넸다.

　"좌석에 묻히지 않도록 조심해요, 알겠죠?"

이제 우리는 우리끼리의 수다를 시작했다. 이 부분은 생략. 자매들끼리만 통하는 암호며 암시며 기묘한 감탄사가 너무 많으므로. 하지만 그런 감탄사를 생략해서는 아무것도 표현할 수 없으므로.

세상의 모든 자매들은 다들 이해하리라.

어느 시골 마을에 도착. 올케가 지도를 들고 오빠에게 신경질을 냈다. 한참을 그러다가 오빠가 버럭 소리를 질렀다.

"이런 젠장! 지도는 가랑스한테 넘겨! 빌어먹을 우리 집 식구들 중에 방향감각이 있는 건 가랑스뿐이라고!"

뒷좌석에 앉은 우리는 머쓱한 채 눈길을 교환했다. 상소리가 두 번이나, 그리고 버럭대기까지…… 오빠한텐 영어울리지 않는데.

폴 외숙모님의 작은 성에 도착하기 조금 전에, 오빠는 양쪽으로 나무딸기가 무성한 오솔길을 찾아내어 우리를 내려주었다. 언니와 나는 떨리는 목소리로 빌리에의 옛날 집 근처에 있던 소사나무 우거진 오솔길이랑 너무 비슷하다고 외치며 뛰어나갔다. 올케는 자동차 좌석에 엉덩이를 딱 붙이고 앉아 여우가 오줌을 싸 놓았을 거라고 주의를 줬다.

상관없거든요.

쯧쯧……

"하긴. 낭충에 의한 질환이 뭔지 아가씨들이 알 리가 없죠. 기생충의 유충이 소변으로 옮는……"

내 탓이오, 내 탓이오, 나의 큰 탓이옵니다만, 난 발끈하고 말았다.

"쓸데없는 소리 말아요! 말라빠진 개뼉다구 같은 소리 하고 있네! 여우는요, 어디서든 오줌을 쌀 수 있어요! 아무 길에나! 어느 산비탈에나! 사방에 나무가 널렸고 밭도 이렇게 많은데, 하필이면 여기서 오줌을 쌌을까봐? 바로 여기, 요 나무딸기 아래에다가? 헛소리도 유분수지! 그거 알아요? 내가 죽겠는 건 바로…… 내가 미치겠는 건, 무슨 일에나 죄다 초를 쳐야 직성이 풀리는 언니 같은 사람 때문이라고요……"

잘못했어요. 내 탓이에요. 다 나의 큰 탓이라고요. 얌전하게 굴겠다고 내 자신에게 약속했는데. 차분하게, 평온하게. 오늘 아침에도 거울 속의 나에게 손가락을 흔들어

보이며 주의를 주었건만. 가랑스, 올케랑 문제 일으키기 없기, 알겠지? 이번만큼은 올케한테 얼굴을 붉혀서 분위기를 망치는 일이 없어야 해. 그런데 그만, 이렇게 무너지고 말았다. 죄송하다. 송구스럽다. 하지만 올케는 우리의 나무딸기를 망쳐놓았고 우리의 어린 시절에 초를 쳤는걸. 정말이지 올케는 날 너무 자극한다. 참아줄 수가 없다. 난 잠시 생각을 하다가 올케에게 롤라 언니의 모자를 퍽 안겨버렸다.

바람기가 느껴졌는지 올케는 차문을 닫고 시동을 걸었다. 라디에이터를 켜려고.

이런 것도 짜증이 난다. 발을 따뜻하게 하겠다고, 혹은 머리를 차게 식히겠다고 공회전을 하는 인간들, 하지만 뭐, 그냥 넘어가기로 한다. 지구 온난화에 관한 얘기는 다음 기회에. 아무튼 간에 올케는 문을 닫았고 그게 어디냐 싶었다. 긍정적으로 생각할 것.

우리가 옷을 갈아입는 동안 오빠는 차에서 내려 다리를 풀었다. 내 멋진 사리는 우리 집 바로 옆에 있는 브라디 갤러리에서 산 것으로 금색 실로 수를 놓고 진주를 박은 터키석 색깔 드레스인데 앙증맞은 캡 소매가 달려 있는 디자인이었다. 조끼 같은 윗도리는 꼭 끼고, 몸에 찰싹 달라붙는 긴 치마에는 트임이 깊게 나 있으며 온몸을 감싸는 커다란 천을 두르게 되어 있었다.

환상적이다.

거기에다가 술 장식이 달린 귀고리에 목에는 인도 전통 부적을 두르고 오른쪽 팔에는 팔찌 열 개, 왼쪽에는 스무 개를.

"정말 잘 어울린다. 굉장해. 너니까 이런 옷을 소화해내지. 배가 하나도 안 나왔네. 이거 다 근육이잖아……" 언니가 감탄을 했다.

"흠……" 나는 기분이 붕 떠서 배를 문질렀다. "엘리베이터 없는 7층에 살아봐……"

"나는 애 둘을 낳느라 배꼽 옆에 괄호 모양으로 주름이 생겼지 뭐야…… 너도 조심해라, 알겠지? 매일 크림을 바르고……"

나는 어깨를 으쓱해보였다. 나의 근시안적인 사고는 거기까지 미치지가 않는걸.

"단추 좀 채워줄래?" 언니가 뒤로 돌아서며 말했다.

언니는 벌써 몇 번째 입는 것인지도 모를 검정색 실크

드레스를 또 입었다. 둥글게 파인 목에 소매가 없고 등에
는 자잘한 단추가 다닥다닥 달린 아주 심플한 디자인.

"아무리 그래도 그렇지, 우리 위베르가 결혼을 하는데,
돈을 좀 쓰지 그랬어."

언니가 빙긋 웃으며 돌아섰다.

"야……"

"왜?"

"저 모자가 얼마인지 맞춰봐."

"200유로?"

어깨를 으쓱하는 언니.

"얼만데?"

"말할 수 없어. 나도 참 너무했지."

언니가 킥킥 웃었다.

"바보야, 그만 좀 웃어. 단추가 안 잡히잖아."

올해는 플랫슈즈가 대유행이었다. 언니 신발은 물렁물
렁한 재질에 밴드가 달려 있었고 내 신발에는 금도금된
둥근 금속장식이 달려 있었다.

오빠가 손뼉을 쳤다.

"자, 아리따운 아가씨들…… 어서 차로 가시죠!"

난 넘어지지 않으려고 언니의 팔에 의지해 걸으면서 이렇게 중얼거렸다.

"미리 말해두는데, 만약에 올케가 나보고 가장무도회에 가는 거냐고 비꼬거나 하면, 언니 모자로 그 입을 막아버리겠어."

올케에겐 입을 열 기회가 없었다. 내가 차에 타자마자 치마를 벗었으므로. 치마통이 너무 좁아서 찢어먹지 않으려면 벗는 수밖에 없었다.

알파카 비스코스를 씌운 뒷좌석에 T팬티 바람으로 앉은 나는…… 근엄한 자세를 유지했다.

언니와 난 내 조그만 콤팩트 거울을 보며 화장을 했고 우리의 국가대표 낭충질환 여사는 앞좌석 앞에 달린 거울을 보며 귀걸이를 매만졌다.

오빠는 제발 셋이서 한꺼번에 향수를 뿌리지는 말아달라고 부탁했다.

우리는 결혼식이 열리는 시골 외딴 마을에 시간에 맞춰 도착했다. 나는 차 뒤에서 치마를 다시 입었고 그렇게 우리 넷은 창문에 바싹 붙어 바깥을 내다보는 동네 사람들의 시선을 한몸에 받으며 성당 광장을 향해 걸었다.

저 앞에서 조르쥬 외삼촌하고 이야기를 나누는 젊고 아름다운 여인이 누군가 했더니 바로 우리 엄마였다. 우리는 달려가 립스틱이 묻지 않게 조심하면서 엄마를 얼싸안았다.

수완이 좋은 엄마는 먼저 며느리의 뺨에 입을 맞추며 옷이 예쁘다고 칭찬을 하고 나서 활짝 웃으며 우리를 돌아보았다.

"가랑스…… 정말 멋지구나…… 이마 한가운데에 붉은 점만 찍으면 완벽하겠어!"

"누가 아니래요? 가장무도회도 아니고……" 올케는 이렇게 한 마디를 거들더니 늙고 힘없는 삼촌을 안고 인사를 했다.

언니가 자기 모자를 내게 씌우려 하자 모두 웃음을 터뜨렸다.

엄마가 오빠를 보며 말했다.

"얘들, 오는 내내 이랬지? 용케 참았구나."

오빠는 심각하게 고개를 끄덕였다.

"이보다 더 심했어요. 그런데 뱅상은요? 엄마하고 같이 오지 않았어요?"

"그래. 일을 해야 한다더라."

"어디서 일을 하는데요?"

"그야, 아직 그 성에 있지."

갑자기 오빠의 키가 10센티미터는 줄어든 것 같았다.

"하지만…… 올 줄 알았는데…… 나한테는 온다고 해 놓고선……"

"나도 설득을 해 보려고 했다만 소용이 없더구나. 너도 알잖니, 뱅상은 이런 잔치라면……"

오빠는 완전히 실망을 한 듯했다.

"선물도 가져왔는데. 희귀 음반을 구했거든요. 보고 싶기도 하고…… 크리스마스 이후로 뱅상을 한 번도 못 봤어요. 아아, 정말 실망이에요…… 술이나 한 잔 하러 가야 겠어요……"

언니가 인상을 찌푸렸다.

"이 사태를 어떻게 해. 오빠 기분이 완전 꽝이네……"

"저럴 수가. 저럴 수가……" 나는 늙다리 숙모들에게

아름다운 하루 83

볼을 비벼대는 분위기 잡치기 일등 여사를 흘끔거리며 이렇게 중얼거렸다.

"아무튼 너희들, 눈부시게 아름답구나! 오빠 기분 좀 풀어주렴. 춤추는 데 꼭 데려와, 그럴 거지?"

엄마는 이 말을 남기고 친척들에게 인사를 하러 갔다.

우리는 날씬하고 자그마한 엄마를 눈으로 좇았다. 상냥하고 아름답고 에너지가 넘치고 우아하고 품위 있는 엄마……

파리지엔느……

언니의 얼굴이 어두워졌다. 사랑스러운 여자아이 두 명이 까르르 웃으며 사람들이 모여 있는 곳으로 뛰어갔던 것이다.

"좋아. 나도 오빠한테 가서 한 잔 할래……"

이리하여 난 후줄근해진 사리의 치맛자락을 몸에 휘감은 채 광장 한가운데에 바보처럼 서 있게 되었다.

하지만 그것도 잠시. 외사촌 식스틴이 요란한 발소리를 내며 다가왔다.

"어이, 가랑스! 하리크리슈나! 가장무도회에 가는 거야 뭐야?"

나는 최선을 다해 미소를 지어보이고는 네 코밑에 무성한 털이나 신경 쓰시지. 너 지금 입은 게 그 유명하다는 크리스틴 로르가 디자인한 거야? 그 푸르딩딩한 투피스가? 라는 말이 튀어나오려는 것을 억지로 참았다.

식스틴이 가버리자 이번에는 쥬느비에브 외숙모가 다가왔다.

"세상에나. 클레망스로구나!(전 가랑스인데요, 외숙모) 세상에, 배꼽에 매단 건 대체 뭐니? 아프지 않아?"

아, 끝내준다. 나도 언니 오빠가 있는 카페에나 가봐야겠다……

둘은 길가에 내놓은 테이블을 차지하고 앉아 있었다. 앞에는 맥주를 한 잔씩 놓고 고개를 젖혀 햇살을 받으며 발을 쭉 뻗은 채.

나는 뿌지직 치마 뜯어지는 소리와 함께 자리에 앉아

같은 걸 시켰다.

입술에 맥주거품을 묻힌 우리는 편안하고도 즐거운 분위기를 만끽하며 문 앞에 서서 성당에 모인 사람들에 대해 이러쿵저러쿵 한 마디씩을 던지는 동네 사람들을 구경했다. 재미있는 구경거리.

"저기 좀 봐, 저 여자, 올리비에 새 마누라 아냐? 아마 전처는 바람나서 도망갔대지?"

"저기 작달막한 갈색 머리?"

"아니, 라로쇼페 옆에 있는 금발 머리 말이야⋯⋯"

"어이구야. 전처보다도 더 못생겼잖아. 게다가 저 가방 좀 봐⋯⋯"

"구찌 짝퉁이네."

"그치? 짝퉁 티가 팍팍 나지? 중국산 짝퉁 구우치⋯⋯"

"창피하지도 않나봐."

올케가 우리를 찾으러 오지 않았다면, 그렇게 오래오래 구경을 했겠지만.

"안 올 거야? 금방 시작할 건데⋯⋯"

"갈게. 갈 거야…… 이 맥주만 다 마시고." 오빠가 대꾸했다.

"하지만 지금 당장 가지 않으면 좋은 자리를 놓친단 말이야, 아무것도 안 보이는 데 앉으면……"

"먼저 가. 곧 따라갈게."

"꾸물거리지 마, 알겠지?"

저만치 가던 올케가 뒤를 돌아다보며 소리를 질렀다.

"맞은편에 있는 가게에 들러서 쌀(*프랑스에는 결혼식이 끝난 후 축복의 의미로 신랑신부에게 쌀을 뿌리는 전통이 있다) 좀 사 와!"

가다가 또 돌아보는 올케.

"너무 비싼 거 말고, 알겠지? 지난번처럼 엉클벤 표로 사오면 안 돼! 먹을 게 아니니까……"

"어휴, 알았어……" 오빠가 낮은 소리로 투덜거렸다.

저 멀리 아버지의 팔짱을 낀 신부의 모습이 보였다. 곧 당나귀 귀를 한 아이들을 조롱조롱 낳을 신부가. 우리는 늦게 온 사람들이 몇 명이나 되는지 세어 보았고, 하얗고

긴 성가대복 아래에서 전속력으로 발을 놀리며 뛰어가는 아이에게 박수갈채를 보냈다.

종소리가 멈추고 동네 토박이들이 집으로 돌아갈 즈음 오빠가 불쑥 말했다.

"벵상이 보고 싶어."

"지금 벵상한테 전화를 걸어도 오는 데 시간이 걸릴 거 아냐……" 언니가 백을 집어 들며 대꾸했다.

그때, 결혼식에 가는지 옆선에 줄이 들어간 플란넬 바지를 입은 남자아이 한 명이 지나갔다.

"어이! 핀볼 게임 다섯 판 하게 해 줄까?"

"좋죠……"

"그럼 미사에 갔다가 끝날 때쯤 우릴 부르러 오렴."

"돈 먼저 주실래요?"

세상에나. 요즘 애들은 정말 상상을 초월한다……

"여기 있다, 요 당돌한 꼬마야. 장난치지 말고, 알겠지? 꼭 부르러 와야 한다?"

"지금 한 판 하고 가도 돼요?"

"좋을 대로. 하지만 딱 한 판만 하고 미사에 들어가야 해……"

"네에."

한참동안 더 그렇게 앉아 있는데 오빠가 불쑥 말을 꺼냈다.

"만나러 가면 어떨까?"

"누구를?"

"벵상이지!"

"언제?" 이번엔 나.

"지금."

"지금?"

"지금이라면, 당장?" 언니가 물었다.

"어떻게 된 거 아냐? 지금 자동차를 타고 벵상을 만나러 가자고?"

"가랑스, 네가 지금 내 생각을 완벽하게 정리해 준 거, 알아?"

"미쳤나봐. 이렇게 그냥 가잔 말이야?" 언니가 말했다.

"그럼 어때서? (오빠는 주머니를 뒤져 동전을 꺼냈다.) 자자, 가자니까?"

우리는 아무 반응도 하지 않았다. 오빠가 양 팔을 하늘로 치켜들었다.

"도망가잔 말이야! 빠져 나가자고! 떠나자! 재빨리 탈출하는 거야. 자유롭게!"

"올케는 어떻게 하고?"

팔을 내리는 오빠.

오빠는 맥주잔 받침을 뒤집더니 양복 안주머니에서 펜을 꺼내 뭔가를 적기 시작했다.

─엄마, 우린 뱅상을 보러 가요. 카린을 부탁드려요. 카린의 소지품은 엄마 차 앞에 둘게요. 사랑해요.─

"어이, 꼬마야! 계획이 바뀌었어. 미사에는 가지 않아도 좋은데, 이걸 회색 옷을 입고 분홍색 모자를 쓴 부인께 가져다 드려. 성함이 모드야. 알겠니?"

"알았어요."

"게임은 다 끝나가니?"

"보너스 게임 두 판 남았는데요."

"내가 아까 한 말, 어디 한 번 외워봐."

"일단 점수 기록장에 제 이름을 쓰고요, 그 다음에 분홍색 모자를 쓴 모드라는 부인께 아저씨가 준 맥주잔 받침을 가져다 드리는 거예요."

"잘 지키고 있다가 그 부인이 성당에서 나오실 때 드려야 한다."

"알겠어요. 근데요, 그럼 수고비를 조금 더 주셔야 하는데요……"

오빠가 배꼽을 잡고 웃었다.

"오빠, 올케 화장품 케이스가 차 안에 그대로 있어."

"앗. 돌아가자. 그걸 안 놓고 가면 카린이 날 가만두지 않을 거야……"

내가 그 화장품 케이스를 올케의 가방 위에 잘 보이도록 놓고 돌아오자 오빠는 먼지를 잔뜩 일으키며 차를 출발시켰다. 은행털이범들이 도망가는 것과 똑같은 장면.

처음엔 아무도 감히 입을 열지는 못했지만 다들 약간씩 들떠 있긴 했다. 오빠는 10초에 한 번씩 백미러를 흘끔거렸다.

금방이라도 화가 머리끝까지 나서 입에 거품을 문 올케

가 출동시킨 경찰차의 사이렌 소리가 들릴 것만 같았다. 하지만 웬걸, 아무 소리도 나지 않았다. 고요하기만 했다.

언니는 조수석에 앉았고 나는 오빠 언니 사이에 팔꿈치를 괴고 뒤에 자리를 잡았다. 각자 누군가가 이 어색한 분위기를 깨뜨려주었으면 하고 바라고 있었다.

오빠가 라디오를 켜자 염소 같은 비지스의 목소리가 흘러나왔다.

앤 위얼 스테잉얼라이브, 스테잉얼라이브,
하, 하, 하, 하……스테잉얼라이브, 스테잉얼라이
브……

어쩌면 좋아. 꿈같이 행복했다. 이건 하늘의 계시였다! 신의 손가락!(그게 아니라 이 곡은 파투라는 애청자가 1978년에 트레냑의 댄스파티에서 다니라는 사람을 처음 만난 것을 기념하기 위한 신청곡이었다. 나중에야 알았지만.) 오빠가 넥타이를 끄르며 114번 국도를 지그재그로 달려가는 동안 우린 온 마음을 다하여 노래를 따라 불렀다. "하! 하! 하! 하! 스테잉얼라아아아아아아이브……"

나는 바지를 다시 입었고 언니는 내 옆에 놓아달라며 모자를 맡겼다.

모자 값이 값이었던 만큼 언니는 약간 기운이 빠지는 모양이었다.

난 언니를 위로하기 위해 이렇게 말했다.

"뭘…… 나 결혼할 때 쓰면 되잖아……"

자동차 안이 떠나갈 듯한 웃음.

분위기가 살아났다. 성공적으로 에일리언을 우주선 밖으로 쫓아냈고, 이제 우리의 마지막 팀원과 합류하는 일만 남았다.

내가 지도에서 벵상이 머물고 있는 시골 동네를 찾는 동안 언니가 DJ 역할을 했다. 지역 FM이랑 라디오 동물의 왕국 중에서 어느 게 낫겠어? 모두 소리가 별로지만 그럼 어때? 우린 정신없이 수다를 떨었다.

"오빠가 이런 일을 할 수 있으리라고는 생각지도 못했어." 언니가 옆에서 운전대를 잡고 있는 오빠를 돌아보며 말했다.

"사람은 나이를 먹을수록 더 현명해지는 법이거든." 오빠는 씩 웃으며 내가 내민 담뱃갑에서 담배 한 개비를 뽑았다.

우린 두 시간째 차를 타고 달리고 있었다. 내가 리스본에 다녀온 이야기를 하고 있다가, 어, 저거……

"왜 그래?" 언니가 걱정스럽게 물었다.

"못 봤어?"

"보다니, 뭘?"

"멍멍이."

"무슨 멍멍이?"

"갓길에 있던 녀석……"

"죽었든?"

"아니. 누가 버렸나봐."

"얘는! 그렇게까지 우울해할 것 없잖아."

"하지만 그 녀석이랑 눈이 딱 마주쳤단 말이야. 이해하겠어?"

이해 못함.

어쨌거나 그 멍멍이도 날 본 게 틀림없었다.

마음이 엄청나게 무거웠지만 곧 언니가 미션임파서블 주제곡을 섞어가며 우리의 탈출을 재구성했고 난 딴생각에 빠져들었다.

지도를 손에 들고 상상의 나래를 펼쳐 어젯밤의 카드게임을 다시 떠올렸다. 마지막 판에 별것도 아닌 카드 넉 장을 가지고 배짱을 부렸었다. 그래도 결국엔…… 이겼다는 말씀……

그게 다 뜻이 있는 것이었다.

우리가 도착했을 때는 마지막 투어가 막 시작된 다음이었다.

꼬질꼬질한 차림에 피부만은 배추속처럼 허여멀건한 남자가 추위에 떠는 송아지 같은 눈망울을 하고서는 우리더러 2층에 있는 사람들 대열에 합류하면 될 거라고 말해주었다.

2층에 올라갔더니 오합지졸의 관광객들이 보였다. 탄력 없이 축 늘어진 허벅지의 아줌마들, 워킹슈즈를 신고 명상에 잠긴 초등학교 선생님 분위기가 팍팍 나는 커플, 아이들이 퍽이나 버릇없어 보이는 가족, 투덜대는 꼬마들, 그리고 네덜란드 사람들 몇 명. 우리가 올라오는 소리를 듣고 모두들 뒤를 돌아보았다.

그런데 정작 벵상은 우리를 보지 못했다. 동생은 등을 돌린 채 적을 감시하는 용도로 쓰이던 돌출회랑을 열과 성을 다해 관광객들에게 설명하고 있었다. 그런 모습은 정말 처음이었다.

첫 번째 쇼크 : 벵상이 걸친 옷. 낡아빠진 양복저고리에 줄무늬 셔츠, 커프스 단추, 셔츠 깃 안으로 넣어 맨 작은

스카프, 아랫단이 접힌 수상쩍은 바지. 아주 짧게 깎은 수염, 그리고 올백으로 넘긴 머리.

두 번째 쇼크 : 되는 대로 지껄이고 있는 말도 안 되는 이야기들.

이 성이 대대로 우리 가문에 물려 내려오고 있는 성이라나. 그리고 자기는 결혼을 할 때까지 성을 돌보면서 살아야 하는 신세라고.

그리고 프랑수아 1세의 세 번째 서출이 이조르 드 오-브 레방이라는 정부를 위해 몰래 지은 성이라 저주를 받았다나 뭐라나. 이조르라는 여자가 마녀 비슷한 여자였는데 질투로 거의 미쳐버렸다나?

……신사 숙녀 여러분, 그래서 요즘까지도 이른 밤, 적 갈색 달이 뜰 때면 이상한 소리가 나곤 하지요. 과거에 감옥으로 쓰였던 지하실에서 숨 헐떡이는 소리 같은 것이 올라온다는 말입니다……

잠시 후에 부엌을 구경하실 텐데요, 제 조부님께서 그 부엌 개조공사를 하시다가 100년 전쟁 당시의 해골과 루이 성자의 봉인이 각인된 방패를 발견하셨습니다. 자, 여러분의 왼쪽편에 있는 것은 12세기에 제작된 태피스트리입니다. 오른쪽으로 보시는 것이 저 유명한 화류계 스타의 초상화이고요. 왼쪽 눈 아래에 있는 점을 잘 보세요. 그야말로 하늘로부터 저주를 받았다는 확실한 증거 아니겠습니까……

테라스에서 즐길 수 있는 멋진 장관도 놓치지 마시기 바랍니다…… 바람이 거센 날엔 생-로쉬 탑을 볼 수 있답니다……

자, 이쪽으로 오시지요. 계단 조심하시고요.

나 좀 꼬집어봐, 이거 꿈이지.

관광객들은 마녀의 점을 열심히 보고 나서 벵상에게 밤에 무섭지 않느냐고 물었다.

"무섭죠. 하지만 저야 믿는 게 있으니까."

동생은 계단 옆에 걸려 있는 갑옷이며 미늘창이며 활이며 몽둥이 등등을 가리켰다.

사람들은 진지하게 고개를 끄덕이면서 카메라를 들이댔다.

이게 다 뭐야. 이젠 헛것이 보이잖아.

방을 나가는 우리를 발견한 뱅상의 얼굴이 밝아졌다.
하지만 아주 은밀하게. 기껏해야 살짝 고개를 끄덕이는
정도. 같은 핏줄끼리 말없이 통하는 아주 오래된 그 무엇.
어른이 되었다는 증거.

우리는 뱅상이 거드름을 피우며 이런 아름다운 건물을
유지하는 것이 얼마나 힘든지를 토로하는 동안 투구와 소
총 사이에서 피식거렸다……
지붕 면적이 총 400평방미터, 홈통만 해도 모두 2킬로
미터, 방이 서른 개, 창문 쉰두 개, 그리고 벽난로가 스물
다섯 개지만…… 난방이 안 들어오죠. 하긴, 전기도 없는
데요 뭐. 아직 수도도 없답니다. 그러니 생각해 보세요!
이런 처지이니 여러분들의 비천한 노예가 결혼상대를 찾
는 게 얼마나 힘들겠습니까……
사람들이 웃었다.

……여기 보시는 것이 대단히 희귀한 뒤누아 백작의 초
상화랍니다. 이 초상화에서 보시는 문장紋章이 안뜰의 북

서쪽에 있는 커다란 계단실의 합각머리에도 조각되어 있으니 잘들 봐 두시기 바라고요.

이제 18세기에 꾸며진 내실로 가 보실까요? 제 고조모이신 라 라리오틴느 후작부인께서 근처에 기마 사냥을 하러 오실 때 묵으실 요량으로 갖추어놓으신 방이죠. 유감스럽게도 사냥만 하신 게 아니지만…… 저의 숙부가 되시는 가엾은 후작께서는 기품으로 보나 어느 면으로 보나 여러분께서 잠시 후에 식당에서 감상하실 7년생 사슴에 비해 뒤질 것이 하나도 없는 분이셨습니다…… 앗, 부인, 조심해 주세요, 자칫하면 부스러지거든요. 그건 그렇고, 여러분, 화장실을 꼭 한 번씩 보시라고 권해드리고 싶네요…… 각종 솥에 소금통, 향유단지, 다 옛날 그대로 보존해놓았거든요…… 저기 숙녀분, 뭐라고 하셨죠? 아뇨, 그건 20세기 후반에 쓰던 요강이에요, 왜 있잖아요, 소변을 모아두는……

……이제 이 성에서 가장 아름다운 곳에 도착했네요. 여러분은 지금 반원형 천장이 근사한 건물 북쪽 날개 부분의 나선형 계단 앞에 서 계십니다. 르네상스의 완벽한 걸작이지요……

죄송하지만 손으로 만지지는 말아주세요, 감사합니다.

세월이 흐르다 보니 손가락 하나로 만지는 게 곡괭이로 패는 것과 맞먹거든요……

내가 헛것을 보고 있는 거야.

아쉽지만 예배당은 지금 보수공사 중이라 보여드릴 수가 없네요. 하지만 저의 남루한 성을 떠나시기 전에 꼭 정원을 둘러보시라고 권해드리고 싶군요. 다시 한 번 말씀드리지만 관능적인 저주의 올가미에 걸린 왕족들의 은밀한 사랑을 눈막음해주던 바위들이 뿜어내는 기이한 전율을 느껴보실 수 있을 겁니다……

사람들의 웅성거림.

……화장실이 급하신 분들, 그림엽서가 필요하신 분들, 갑옷을 입고 기념사진을 촬영하고 싶으신 분들은 정원에서 나오시는 대로 편의시설을 이용하실 수 있습니다……

신사 숙녀 여러분, 좋은 하루 보내시길 바라며 부디 가이드를 잊지 말아 주십사고 당부드립니다. 가이드가 누구냐고요? 어렵사리 성을 지키는 불쌍한 이몸입니다! 특별히 선택된 노예지요. 큰 걸 바라는 건 아닙니다만 파리에 가신 후작이 돌아오실 때까지 그럭저럭 먹고는 살아야 하니까요.

감사합니다.

고맙습니다, 부인.

땡큐, 써……

우리가 사람들을 따라가는 동안 뼹상은 비밀 문으로 모습을 감추었다.

시골 사람들은 동생이 꽤 마음에 든 모양이었다.

우리는 뼹상을 기다리며 담배를 한 대 피웠다.

입구에 있던 남자가 꼬마들에게 찌그러진 갑옷을 입히고 아이들이 고른 무기를 들려 사진을 찍어주었다.

폴라로이드 한 장에 2유로.

조르단! 조심해라, 동생 눈 찌르겠다!

남자는 엄청나게 침착했다. 아니면 정신이 엄청 몽롱하거나 어쩌면 바보인지도. 분명히 분주하게 움직이고는 있는데 동작이 얼마나 굼뜨던지. 독한 지탄 담배를 꼬나물

고 시카고 불스 야구 모자를 챙이 뒤로 가게 쓴 모습이 꽤
나 황당했다. 클래식과 촌스러움의 오묘한 조화.

조르단! 그거 내려놓으라니까!

사람들이 떠나자 남자는 돈을 그러모은 다음 담배를 질
겅거리며 저만치 걸어가기 시작했다.

우린 혹시나 벵상 라 라리오틴느 후작님께서 납셔주시
지 않으면 어떻게 하나 걱정하기 시작했다……

"내가 헛것을 보는 거지…… 헛게 보이는 거야…… 아
니 정말로, 이건 꿈일 거야……" 고개를 가로저으며 이렇
게 되풀이하는 나와는 달리 오빠는 도개교의 기계장치를
흥미진진하게 살펴보았고 언니는 덩굴장미의 시든 잎을
땄다.

마침내 벵상이 미소를 지으며 나타났다. 이제는 물 빠
진 검정 진 바지에 레게 그룹이 프린트된 티셔츠 차림이
었다.

"어이, 여기서 뭣들 하는 거야?"

"네가 없으니까 허전하더라……"

"그래? 그거 고맙네."

"잘 지내는 거니?"

"그럼. 가만, 다들 오늘 위베르 결혼식에 갔어야 하는 거 아냐?"

"맞아. 근데 길을 잘못 들었지 뭐야."

"그렇구나…… 이거 멋진걸."

우리가 알던 뱅상 그대로였다. 침착하고도 부드러운 녀석. 우리를 만난 게 정말로 좋으면서도 딱 요만큼만 감동하는 녀석.

이거 멋진걸.

"자, 내 캠프가 어때?" 뱅상이 양 팔을 벌리며 물었다.

"잠깐만. 근데 그 헛소리는 다 뭐냐?" 내가 물었다.

"뭐 말이야? 내 설명? 그게…… 다 헛소리만은 아냐. 이조르라는 여자가 정말로 있었거든, 그냥…… 물론 그 여자가 여기에 왔었는지는 나도 모르지, 뭐…… 문헌에 따르면 그 여자는 여기보다는 옆 동네에 왔다고 되어 있는데, 옆 동네 성은 불에 탔으니까…… 아무튼 그 여자에게도 지닐 만한 집이 있어야 하는 거 아냐?"

"우리 조상이 이러쿵저러쿵하던 소리랑 귀족같이 차려입은 네 꼴이랑 조금 전에 늘어놓은 그 허풍들은?"

"아, 그거……? 하지만 내 입장이 되어 보라고! 내가 여기 온 게 5월달이었어. 한철만 지낼 작정을 했는데 성주인 할머니가 온천 치료차 여행을 떠나면서 사례는 돌아와서 주겠다고 하더라고. 그 이후로 소식 한 마디 못 들었어. 아예 증발해버렸다니까. 지금이 벌써 8월인데 감감무소식이야. 사람도, 월급증명서도, 우편환도, 아무것도 오지 않고 있어. 나도 먹고 살아야 하지 않겠어? 그러니 그런 얘길 꾸며낼 수밖에. 기댈 데가 팁밖에 없는데 그 팁이란 게 그냥 나오는 게 아니잖아. 사람들이 돈을 줄 땐 다 그만큼 원하는 게 있는 법이고…… 누나도 보다시피 여긴 디즈니랜드가 아니라서…… 그래서 옷하고 문장이 새겨진 반지를 꺼내서 전투에 뛰어든 거지."

"미친 짓이야."

"이거 왜 이래. 달리 방법이 없었다니까."

"저기 저 사람은?"

"노노야. 시에서 고용한 사람이지."

"그런데…… 저어…… 저게 다 저 사람 거야?"

벵상은 담배 한 개비를 말았다.

"나도 몰라. 내가 아는 건 저 사람이 노노라는 것뿐이야. 노노가 어떤 사람인 줄 알면 문제가 없지만 그렇지 않을 땐 상황이 좀 힘들어지지."

"근데, 넌 하루 종일 뭘 하고 있는 거니?"

"아침엔 자고 오후엔 방문객들을 처리하고 밤엔 음악을 하지."

"여기서?"

"예배당에서. 나중에 보여줄게……형하고 누나들은? 요즘 뭐 하고들 지내?"

"우리야 뭐…… 별거 안 해. 널 레스토랑에 데리고 가서 저녁을 사줄까 하는데."

"언제? 오늘 저녁에?"

"당연하지, 이 악동아! 다음번 십자군 원정 다음인 줄 알았니?"

"어떡하지, 오늘 저녁엔 안 되겠는데…… 노노의 조카딸이 결혼을 하는데 날 초대했단 말이야……"

"야! 지금 우리가 거추장스럽다, 이거냐?"

"아냐, 아냐! 여기까지 와 준 거, 정말 고마워. 어떻게든

해 보지 뭐…… 노노!"

노노가 천천히 돌아섰다.

"오늘 저녁에 우리 형이랑 누나들이 같이 가면 방해가
될까?"

노노는 우리를 한참동안 뚫어져라 쳐다보더니 이렇게
물었다.

"네 형이라고?"

"그래."

"이 여자들은? 네 누나들이고?"

"그렇다니까."

"아직도 처녀들이야?"

"어휴, 노노, 지금 그 얘기가 아니잖아! 이런 빌어먹
을…… 오늘 우리가 다 같이 가도 되겠어?"

"우리가 누군데?"

"이런 젠장, (죽겠네.) 여기 우리 형이랑 누나들!"

"어딜 가는데?"

"상디 결혼식!"

"당연하지. 그걸 왜 물어?"

그가 나를 턱으로 가리키더니 이렇게 덧붙였다.

"저 여자도 오는 거지?"

꿀꺽.

끔찍한 골룸 같으니라고, 날 노리다니⋯⋯

벵상의 괴로운 표정.

"노노 때문에 죽겠어. 지난번엔 어떻게 된 건지 어떤 꼬마가 갑옷 안에 끼어버려서 119를 불렀지 뭐야⋯⋯ 그만 좀 웃어. 형하고 누나들은 매일 겪는 일이 아니라서 그래⋯⋯"

"그런데 저 사람 조카 결혼식엔 왜 가는 거니?"

"달리 어쩔 수가 없어. 노노가 되게 예민하거든, 무슨 말인지 알겠지⋯⋯ 그래, 그래, 아가씨들, 실컷 웃으시라구요⋯⋯ 형, 말 좀 해 봐. 누나들, 너무 심한 거 아냐? 뭐, 원래 그랬지만⋯⋯ 아무튼, 노노의 어머니가 좋은 걸 많이 챙겨주서. 고기파이며 텃밭에서 기른 야채며 소시지며⋯⋯ 아줌마가 안 계셨으면 난 아마 여기서 버티지 못했을 거야."

내가 아직도 꿈을 꾸고 있나봐.

"음, 근데 일이 다 끝난 게 아니거든⋯⋯ 계산도 해야 하고 화장실 청소도 해야 하고 노노가 진입로 청소하는 것도 도와줘야 하고 문도 전부 다 닫아야 해."

"문이 모두 몇 갠데?"

"여든여덟 개."

"우리가 도와줄게⋯⋯"

"야아, 이거 고마운걸. 자, 저기 걸레가 하나 더 있고 화장실 청소는 물 뿌리는 호스로⋯⋯"

우리는 기껏 차려입은 옷의 소매를 걸어 붙이고 일에 달려들었다.

"이만하면 된 것 같아. 멱 감으러 갈래?"

"어디로?"

"저 아래에 강이 하나 있어⋯⋯"

"깨끗하니?" 언니가 물었다.

"여우가 강물에 오줌을 싸는 건 아니고?" 한 마디 거드는 나.

"무슨 소리야?"

아무튼 우린 그렇게 덥지 않았다.

"넌 거기 자주 가니?"

"매일 저녁마다."

"그럼 같이 가지 뭐……"

오빠와 벵상이 앞서 걸었다.

"너 주려고 MC5그룹 33회 전판을 구해 왔어."

"설마?"

"정말이야……"

"처음 찍어낸 거?"

"그럼……"

"야아, 멋진데. 어떻게 찾아낸 거야?"

"그야, 기사나리를 위한 건데 못할 게 뭐 있어?"

"형은 물에 들어갈 거지?"

"당근이지."

"어이, 아가씨들! 멱 안 감아?"

"근처에 그 변태가 있는 한 절대 안 해." 나는 언니에게
귓속말을 했다.

"응! 그냥 여기서 보고 있을게!"

"분명히 여기 어딘가에 있어. 느낌이 온다고. 덤불 뒤에 숨어서 우릴 훔쳐보고 있을 거야……"
언니가 깔깔 웃었다.

"나, 머리가 어떻게 됐나봐."
"헛것이 보인다고? 알았어. 알았다니까. 자, 우린 여기 앉자."

언니가 내 가방에서 화장실용 잡지를 꺼내 운세 페이지를 펼쳤다.
"너 물병자리지. 그렇지?"
"응? 뭐라고?" 나는 혹시라도 변태 같은 노노가 쳐다보고 있을까봐 반대편으로 돌아앉으며 건성으로 대답했다.
"자…… 읽어줄까?"
"응."
"조심하라. 금성과 사자좌가 지배하는 이 기간 동안에는 무슨 일이든 일어날 수 있다. 일생일대의 만남, 운명적인 사랑, 당신이 기다리던 것들이 아주 가까이에 와 있다.

당신의 매력과 섹시함을 마음껏 발산하라. 특히 모든 기회를 열린 마음으로 받아들이라. 당신은 절제하는 성격 때문에 가끔 손해를 볼 때가 있다. 지금은 당신의 로맨틱한 부분을 마음껏 발휘할 때이다."

이런 바보, 그렇게 웃다가 죽겠다, 응?

"노노! 이리 와요! 가랑스가 여기 있어요! 지금 자기의 로맨틱한 부분을 마음껏⋯⋯!"

나는 손으로 언니의 입을 틀어막았다.

"말도 안 돼! 다 지어낸 거지?"

"아니야! 정말이래도! 네가 직접 봐!"

언니의 손에서 쓰레기 같은 잡지를 빼앗는 나.

"어디 봐⋯⋯"

"여기, 잘 보란 말야⋯⋯ 금성과 사자좌가 지배하는, 내가 지어낸 게 아니라니까⋯⋯"

"말도 안 돼⋯⋯"

"아무튼, 내가 너라면 어쨌거나 조심하겠어⋯⋯"

"피⋯⋯ 이깟 게 뭐라고. 다 엉터리야⋯⋯"

"네 말이 맞아. 어디 생트로페에서 무슨 일이 있었는지, 연예기사나 보자⋯⋯"

"잠깐. 이거, 진짜 가슴은 아니겠지?"

"음, 진짜 같지는 않네."

"참, 그거 봤…… 히이익! 오빠, 저리 가! 안 가면 올케를 부른다!"

오빠와 벵상이 우리 쪽으로 물기를 털며 다가왔다.

예상하고 있었어야 했다…… 아니, 기억하고 있었어야 했다…… 물을 한입 가득 머금은 벵상이 비명을 지르며 밭을 가로질러 도망가는 언니를 뒤쫓았다. 드레스의 단추들이 사방으로 흩어졌다.

나는 소지품을 주섬주섬 챙겨가지고 검지와 달팽이 모양으로 구부러진 새끼손가락으로 덤불을 헤쳐 가며 빨리빨리, 푸우, 피시시시 소리를 내며 달려가는 언니와 동생의 뒤를 따라갔다.

사탄아, 물러가라.

벵상이 부속건물에 있는 거처를 구경시켜 주었다.

소박하기도 해라.

동생은 2층이 너무 더워서 침대를 가지고 내려와 빈 마구간에 자기 자리를 마련했다고 했다. 우연이겠지만, 하필이면 고른 자리가 '오만한 마음'이라는 말이 쓰던 칸이었으니.

'폴카'와 '태풍' 사이……

뱅상이 다시 귀족 같은 차림새를 했다. 구두약을 완벽하게 바른 부츠. 70년대풍의 새하얀 양복, 로우 웨이스트 바지에 핑크색 실크 셔츠. 끝이 너무 뾰족하지만 소맷부리 때문에 더욱 돋보이는 칼라. 누가 입어도 우스꽝스러웠을 옷이었지만 동생이 입으니 고전적인 멋이 풍겼다.

뱅상은 기타를 가지러 가고 오빠는 자동차 트렁크에서 선물을 가져왔다. 그리고 우리는 마을로 내려갔다.

저녁빛은 정말로 아름다웠다. 황갈색, 청동색, 빛바랜 금색으로 물든 시골이 기나긴 하루를 마치고 편안한 휴식을 맞이하고 있었다.

뱅상이 우리에게 뒤를 돌아 성탑을 바라보라고 했다.

오, 장엄하여라.

"뭐야, 지금 날 놀리는 거지……"

"아니, 아니야……" 언제나 우주의 조화에 근심이 많은 언니가 손사래를 쳤다.

노래를 시작하는 오빠.

"오오 나의 성이여어, 세상에서 가장 아름다운 서영이 이여어……"

오빠는 노래를 했고 벵상은 웃음을 터뜨렸으며 언니는 미소를 지었다. 우리 넷은 뜨겁게 달구어진 작은 마을 엥드르의 앞길 한가운데를 걸어갔다.

공기 중에는 역청과 박하와 갓 베어낸 꼴 냄새가 감돌았다. 송아지들이 우릴 물끄러미 바라보았고 새들이 어서 오라고 지저귀고 있었다.

몇 그램의 달콤함.

언니는 모자를 다시 썼고 나는 복장을 갖추었다.

이유는 없다. 결혼식은 결혼식이니까.

목적지에 도착할 때까지 우리는 그렇게 생각하고 있었는데……

우리는 들뜬 분위기의 파티장에 들어갔다. 진동하는 땀 냄새, 발 냄새. 한쪽 옆에는 매트가 쌓여 있었고 농구대 아래에 앉은 신부는 어쩔 줄을 몰라 쩔쩔 매고 있었다.

아스테릭스 만화에 나오는 것 같은 푸짐한 상차림, 됫병에 든 저렴한 포도주, 그리고 쩌렁쩌렁 울리는 음악.

요란한 장식을 주렁주렁 매단 웬 뚱뚱한 아주머니가 동생에게로 달려왔다.

"아이고! 왔네 그려! 어서 와, 우리 아들! 노노가 그러던데, 가족들이 왔다고…… 다들 이리 오셔, 이리로! 아이고, 어쩜 이리 다 멀끔하누! 모자도 멋들어지네! 이분이 작은누나신가? 왜 이렇게 말라빠졌다지? 아니, 파리엔 먹을 게 없수? 앉아서 들어요. 실컷 드시라고. 없는 게 없다우. 제라르가 마실 걸 가져다 드릴 거요. 제라르! 이리 와 봐!"

벵상은 뽀뽀를 퍼붓는 아주머니의 품을 빠져나오지 못했고 나는 가만히 비교를 해 보았다. 이름도 모르는 이 낯선 아주머니의 따뜻한 환대와 조금 전 우리 외숙모들의 찬바람 쌩쌩 부는 겉치레 인사를. 역시 꿈을 꾸고 있는 건 가봐……

"저어, 신부한테 인사를 해도 되겠지요?"

"그럼, 그럼. 신부한테 인사를 하고 제라르를 찾아봐요…… 아니, 이 녀석, 벌써 테이블 밑에 나자빠져 있는 거 아닌가, 그럼 안 되는데."

"오빠가 지금 들고 온 선물이 뭐야?" 내가 오빠에게 물어보았다.

모르겠단다.

우리는 앞으로 가서 한 사람씩 차례차례 신부의 뺨에 입을 맞추었다.

신랑은 시뻘게진 얼굴로 신부가 막 포장을 벗긴 오빠의 선물을 재미있다는 듯이 쳐다보았다. 올케가 고른 멋진 치즈 쟁반. 타원형에 포도잎 모양의 손잡이가 달린 아크릴 쟁반.

믿어지지 않는다는 표정의 신랑.

이미 얼큰하게 술에 취한 아저씨 두 명이 양팔을 벌리며 테이블 끝에 자리를 잡고 앉는 우리를 환대해 주었다.

"제라르! 제-라르! 제-라르! 어이, 꼬마들! 어서 가서 우리 친구분들이 먹을 걸 가져 와라! 제라르! 아니, 이 녀석은 대체 어딜 간 거야?"

마침내 제라르가 됫병을 들고 나타났고 잔치가 시작되었다.

가리비 껍질에 담아 낸 마요네즈에 버무린 야채 과일 샐러드, 꼬챙이에 끼워 통째 구운 양고기와 마요네즈 소스를 뿌린 튀김, 염소 치즈에 생크림케이크를 세 조각씩 먹고 나자 모두들 기 마크루와 그의 멋진 오케스트라에게 자리를 내주었다.

우리는 신의 축복을 받은 사람들마냥 행복했다. 귀를 쫑긋 세우고 눈도 활짝. 오른쪽에서 신부가 아버지의 손을 잡고 아코디언으로 연주되는 스트라우스의 반주에 맞춰 춤을 추기 시작했고 왼쪽에서는 아저씨들이 피둔 빵가게 앞에 새로 생긴 일방통행로에 대해 노골적으로 불평을 늘어놓기 시작했다.

모든 것이 그림 같았다.

아니, 그보다 더 아름다웠고 더 소박했다. 맛깔스러운 풍경이랄까.

오케스트라를 이끌고 있는 기 마크루는 다리오 모레노 (＊Dario Moreno, 1921-1968. 터키 출신으로 프랑스에서 주로 활동한 가수)와 닮은꼴이었다. 가느다란 콧수염, 번쩍이는 조끼, 값비싼 보석, 그리고 감미로운 목소리.

아코디언이 첫 소절을 시작하자 사람들이 모두 춤을 추러 나갔다.

"이 친구에겐 차차차가 어울리지!"

"아하!"

"저 친구에겐 맘보가 제격이고!"

"오호!"

"자! 모두 다 함께!"

라라라라…… 라라라라라……

"하나도 안 들려!"

라 라 라 라 …… 라 라 라 라 라……

"저기 저 구석에 계신 분들! 할미들! 아가씨들! 같이 추자고요!"

오피디비 푸이푸이!

언니와 나는 흥을 이기지 못했다. 나는 리듬을 따라가 느라 치마를 걷어 올려야 했다.

언제나처럼 우리 집 남자들은 춤판에 끼지 않았다. 뱅 상은 우윳빛 가슴이 들여다보일 정도로 목선이 깊이 파인 드레스를 입은 아가씨를 꼬시는 중이었고 오빠는 웬 노인 네의 곁에서 포도 농사를 망쳤던 옛날 이야기에 귀를 기 울였다.

그 다음은 신랑이 입으로 신부의 스타킹 밴드를 푸는 시간. 스타킹! 스타킹! 스타킹! 하는 외침과 함께 육중한 남자들이 신부를 번쩍 들어 탁구대 위에 내려놓고는…… 이런 장면은 건너뛰는 편이 낫겠다. 얘기하기가 너무 민 망해서.

나는 밖으로 나와 버렸다.

파리가 그리워지기 시작했다.

언니가 달빛 아래에서 담배를 한 대 피우고 있는 나를 찾아왔다. 그런데 그 뒤를 쫓아온 떡진 털(다시 말해 털북 숭이인 데다가 땀냄새가 풀풀 풍기는)의 사나이가 언니에 게 춤을 추자고 끈덕지게 달라붙는 것이었다.

반팔 하와이언 셔츠에 광택이 좔좔 흐르는 바지, 줄무

늬가 들어간 흰 양말, 그리고 낡은 가죽단화.

심하게 매력적이군.

그리고 참, 하마터면 잊어버릴 뻔한 것들 몇 가지. 가슴
팍에 호주머니가 달린 저 유명한 검정 가죽조끼! 왼쪽에
주머니 세 개, 그리고 오른쪽에 두 개. 거기에다가 허리춤
에 찬 단도. 거기에다가 휴대폰 추가. 거기에다가 선글라
스. 거기에다가 지갑을 매단 체인. 채찍만 없었음.

웬 인디아나 존스.

"소개해 줄래요?"

"저기…… 네…… 그러니까, 저어…… 여긴 내 동생 가
랑스, 그리고 으음……"

"내 이름을 벌써 까먹었어요?"

"그게…… 장-피에르였나?"

"미셸."

"아, 그렇죠. 미셸, 여긴 가랑스예요. 가랑스, 이쪽은 미
셸……"

"반가워요." 나는 최대한 진지하게 인사를 했다.

"장-미셸이에요. 장-미셸…… '장갑' 할 때 장, '몽생미
셸' 의 미셸. 뭐 그건 그렇다 치고…… 반갑네요! 두 사람,

자매예요? 전혀 안 닮았는데…… 정말 자매 맞아요? 한 사람은 주워온 거 아니고?"

우헤헤헤.

남자가 가버리자 언니가 고개를 절레절레 흔들었다.

"더 이상은 못 버티겠어. 완전히 질렸어. 이게 무슨 코미디니…… 거친 녀석들인가 하는 TV 쇼에서도 저런 사람은 나오지 말라고 할 거야…… 정말 엽기야……"

"조용히 해, 다시 오고 있잖아."

"어이! 혹시 거시기가 다섯 개인 남자 이야기 들어봤어요?"

"저…… 아니요. 불행하게도."

"어떤 남자가, 그러니까 거시기가 다섯 개였다니까요."

썰렁.

"그래서요?" 내가 물었다.

"팬티가 장갑 모양이었대요!"

나 좀 살려줘.

"그럼 오럴을 안 해 주는 창녀는?"

"뭐라고요?"

"손님에게 오럴을 안 해 주는 창녀를 어떻게 부르는지 아느냐고요."

내가 웃었던 건 특히나 언니의 표정 때문이었다. 고급 포도주를 즐기는 언제나 고상한 언니, 고전무용으로 가꾼 왕년의 미모가 남아 있는 언니, 고상한 반지를 끼는 언니, 식탁 위에 종이를 깔면 폭발하고 마는 언니…… 그런 언니가 멍해진 얼굴에 두 눈을 접시만 하게 뜨고 있었으니.

"모르겠어요?"

"유감이지만 그러네요. 저 역시 혀가 굳어서……"(품위 있으면서도 기발한 대답. 좋았어.)

"답은 바로바로…… 그런 창녀는 안 불러요. 하! 하! 하! 하!"

그러더니 이번엔 나에게 달려드는 거였다…… 엄지손가락으로 조끼 주머니를 잡아당기며 내게로 몸을 던지는 남자.

"근데, 혹시 햄스터를 전기테이프로 칭칭 감은 남자 얘기 들어 봤어요?"

"아뇨. 하지만 얘기하지 마세요. 별로 재미없을 것 같으니까."

"그래요? 그럼 그 얘길 아는 거네?"

"저기, 장-몽생미셸, 언니랑 얘기할 게 좀 있어서⋯⋯"

"좋아요, 좋아. 갈게요. 그럼⋯⋯ 예쁜 언니들, 좀 있다
봐요!"

"갔지? 이제 된 거지?"

"응, 그런데 대신에 맹구가 오고 있네."

"맹구가 누구야?"

노노가 우리 앞에 놓인 의자에 앉더니 바지 주머니에
손을 넣고 열심히 긁어댔다.

하기야.

새 옷을 입었으니 어딘가가 근질근질하겠지⋯⋯

천사 같은 언니는 노노가 불편해하지 않도록 미소를 지
어보였다.

미소의 의미 : 안녕, 노노. 우린 새 친구들이에요. 이렇
게 알게 되어 반가워요⋯⋯

노노의 질문.

"둘 다 아직 처녀요?"

확실히 집착이 심하시군…… (정말 집착일까?)

미소의 달인 우리 언니는 흔들리지 않았다.

"그러니까, 성의 관리인으로 계시는 거죠?"

"그쪽은 입 닥치고 계셔. 여기 젖 큰 여자랑 얘기할 거니까."

그래, 나도 알고 있다. 잘 알고 있었다. 나중에 이 얘기를 하며 한바탕 웃게 되리라는 것을. 우리도 언젠간 늙게 되리라는 것을, 그리고 성적인 것에는 더 이상 민감하지 않게 되는 그 때가 되면 이 밤을 기억하며 우스워하리라는 것을. 하지만 지금은, 절대 웃을 수가 없었다…… 왜냐하면 이 노노라는 작자가 담배가 물려 있지 않은 쪽 입으로 침을 흘리고 있었기 때문이었다. 정말이지 기운이 쭉 빠졌다. 달빛 아래 그칠 줄을 모르는 한 줄기 침……

다행히도 그때 오빠와 뱅상이 왔다.

"이제 슬슬 가 볼까?"

"좋은 생각이야."

"먼저들 가. 기타 찾아가지고 따라갈게."

당신을 향한 나의 모든 사아라아이아아아앙……

왑두와두와두와……왑두와……

기 마크루의 목소리가 마을 전체에 울려 퍼졌고 우리는 자동차 사이사이를 춤추듯 빠져나갔다.

당신이 있음에 나는 기쁨에 겨어워어 소리쳐어어어어어……

"어디로 가는 거야?"

벵상이 성을 빙 돌아 어두컴컴한 길로 접어들었다.

"마지막으로 한잔 더 하려고. 애프터라고나 해두지 뭐…… 누나들, 피곤해?"

"노노는? 혹시 따라오는 거 아냐?"

"따라오긴…… 노노는 잊어버려…… 자! 어서 가자!"

벵상을 따라간 곳은 집시촌이었다. 스무 대 남짓 되어 보이는 캠핑카, 똥똥하고 하얀 소형 화물차, 빨래, 이불, 자전거, 아이들, 냄비, 타이어, 접시 모양 안테나, 텔레비전, 스튜냄비, 개, 닭이 있었다. 그리고 검정색 새끼 돼지도 한 마리.

기겁을 하는 언니.

"자정이 넘었는데 아이들을 아직도 안 재우다니. 불쌍
해라……"

벵상이 웃었다.

"누나는 이 아이들이 불행해 보여?"

깔깔거리며 사방으로 뛰어다니던 아이들이 벵상에게
로 달려와 서로 기타를 들겠다고 티격태격했고 소녀들은
언니와 나의 손을 잡았다.

내 팔찌들에 반해서.

"생트 마리 드 라 메르로 가는 중이래…… 제발 주인 할
머니가 돌아오기 전에 떠나주면 좋겠는데…… 이 사람들
보고 여기에 잠시 있으라고 한 게 바로 나거든."

"『카스타피오레의 보석』에 나오는 아독 선장(*벨기에
작가 에르제의 만화 〈땡땡의 모험〉 시리즈 중 한 편. 카스타피오레의
보석이라는 제목이 붙은 이 편에는 아독 선장이 쓰레기장에 터를 잡
은 집시들을 안타깝게 여겨 자신의 성 근처로 거처를 옮기라고 권하
는 장면이 나온다)이로군." 오빠가 껄껄 웃었다.

늙은 집시가 뱅상을 얼싸안았다.

"우리 아들, 잘 왔다!"

우리 꼬마 뱅상에게 새 가족이 있었구나…… 우릴 우습게 여긴 데에도 다 이유가 있었단 말이지.

그 다음은 꼭 쿠스트리차(＊Emir Kustrica, 유고슬라비아 출신의 거장. 1989년작 〈집시의 시간〉으로 칸 영화제에서 감독상을 수상했다) 감독의 초기 영화 속에 나오는 장면들 같은 광경이 펼쳐졌다.

노인들은 가슴이 절절할 정도로 슬픈 노래를 불렀고 젊은이들은 손뼉을 쳤으며 여인들은 모닥불 주위에서 춤을 추었다. 거의 모두가 뚱뚱한 데다 형편없는 옷차림을 하고 있었으나 그네들이 움직이면 주변의 모든 것이 일렁거렸다.

아이들은 쉴새없이 사방으로 뛰어다녔고 할멈들은 젖먹이들을 품에 안고 어르며 텔레비전을 보았다. 거의 모두가 금니를 하고 있었다. 누런 금니를 모두 드러내며 짓는 미소.

뱅상은 온갖 귀여움을 독차지하며 무리의 틈에 앉아 눈을 감고 기타를 연주했다. 집시들 특유의 코드를 따라가기 위해, 중간에 포기하지 않기 위해, 평소보다 약간 더 집중한 상태로.

노인들의 손톱은 마치 맹수의 발톱 같았고 그 손톱이 할퀸 기타의 몸통에는 움푹 팬 자국들이 있었다.

띠용 띠용 톡.

가사를 이해할 수는 없었지만 어렴풋이 짐작이 갔다.

오 나의 조국이여, 그대는 어디에? 오 나의 사랑이여, 그대는 어디에?

오 나의 친구여, 너는 어디에? 오 나의 아들이여, 너는 어디에?

그 다음 소절은 대충 이런 뜻이었을 것 같다.

조국은 사라지고 추억만이 남았네.
사랑은 가고 고통만이 남았네.

친구를 잃고 나는 그를 위해 노래하네.

한 노파가 우리에게 김빠진 맥주를 권했다. 비자마자 번개같이 다시 채워지는 잔.

언니는 눈을 반짝반짝 빛내며 여자아이 두 명을 무릎에 앉히고 그 아이들의 머리에 턱을 묻었다.
오빠가 빙긋이 웃으며 나를 보았다.
아침부터 내내 함께 달려온 나의 오빠가……

이런, 뭐가 그리 좋은지 미지근한 맥주를 들고 행복한 표정으로 다시 다가오는 노파……
나는 벵상에게 뭔가 피울 만한 게 없느냐고 묻는 신호를 보냈다. 쉿, 조금 있다가. 어라, 그래? 이건 또 웬 모순…… 아이들을 학교에 보내지 않는, 어쩌면 모차르트일 수도 있는 아이를 오두막집에 방치하는 사람들이, 한 곳에 정착해 사는 우리의 법을 무시하는 사람들이, 연초를 피우지 않다니.
집시의 자존심을 걸고, 절대 금지.

"누나들은 이조르의 침대에서 자면 될 거야."

"지하 감옥에서 올라오는 신음소리를 들으면서? 고맙지만 사양하겠어."

"그건 다 지어낸 이야기라고!"

"그 변태자식도 열쇠를 가지고 있는 거 아냐? 절대로 안 돼. 다 같이 잘 거야!"

"알았어. 알았어. 흥분하지 마."

"흥분하는 거 아니거든! 내가 아직 처녀라서 그러는 거거든!"

피곤한 와중에서도 이런 유머감각을 발휘하다니. 내가 생각해도 난 참 기특하다니까.

오빠와 벵상은 '오만한 마음'의 칸에서, 우리는 '태풍'의 칸에서 잠을 청했다.

마을에 내려가 크루아상을 사온 오빠가 우릴 깨웠다.

"피둘 빵집에서 사왔어?" 내가 하품을 하며 물었다.

"피둔이야."

뱅상은 성문을 열지 않았다.

〈낙석으로 인해 오늘 하루는 쉽니다.〉

뱅상이 예배당을 구경시켜 주었다. 노노와 함께 성에 있던 피아노를 교회 제단 앞까지 옮겨놓았다고 했다. 그러니 하늘의 모든 천사들이 리듬에 맞추어 스윙댄스를 출 수밖에.

덕분에 우리는 미니 콘서트를 감상할 수 있었다.

일요일 아침에 예배당을 찾게 되다니, 기분이 묘했다. 기도대 위에 얌전히 앉아 유리창으로 들어오는 빛에 감싸인 채 명상에 젖어 '똑, 똑, 똑똑 온 어 헤븐스 도어'의 새 버전을 듣는다는 건……

언니가 성을 맨 밑에서부터 꼭대기까지 구경하고 싶어 했고 나의 부탁으로 다시 한 번 구경한 뱅상의 가이드 쇼에 우리는 지쳐 쓰러질 때까지 웃었다.

우리는 뱅상의 안내로 성의 여주인의 거처부터 계단, 주인의 구멍난 소파, 수달 잡는 덫, 수달 고기 파이 요리법을 적은 노트, 즐겨 마시는 독한 술, 그리고 하도 뒤적거려 너덜너덜해진 상류사회 인명부까지 전부 다 구경을 할 수 있었다. 거기에다가 포도주 저장고, 지하창고, 부속건물, 마구 보관소와 사냥을 하다가 잠시 쉬는 정자며 옛날 순찰로까지.

오빠는 기발한 건축법과 성을 쌓은 전문가들의 솜씨를 둘러보며 감탄을 했고 언니는 희귀한 풀들을 따 모았다.

나는 돌 벤치에 앉아 형제들을 바라보았다.

오빠와 동생은 성벽에 팔꿈치를 기댄 채 해자를 내려다보았다…… 오빠는 새로 장만한 원격 조종 모형 배를 가져오지 않은 것을 못내 아쉬워하는 것 같았다…… 아아, 시이슬 더브을유가 여기 함께 있다면…… 벵상이 오빠의 생각을 읽었나 보았다.

"형, 배는 포기해…… 이 안에 괴물 같은 잉어들이 살고 있어…… 눈 깜짝할 사이에 배를 먹어치울걸……"

"진짜?"

흰고래 모비딕에게 한쪽 다리를 빼앗긴 아하브 선장이

라도 된 듯, 아무 말 없이 난간을 덮은 이끼를 쓰다듬던 오빠가 작은 목소리로 어렵게 말을 꺼냈다.

"그래도 상관없어. 그러면 정말 재미있을 거야…… 레오를 데리고 다시 와야겠어…… 덩치 큰 잉어들이 자기는 만져보지도 못하던 아빠의 장난감을 먹어치우는 걸 본다면…… 우리 둘에게 필요한 게 바로 그런 거 같아……"

그 다음 말은 들리지 않았지만 나는 오빠와 동생이 큰 문제를 해결했다는 표정으로 하이파이브를 하는 모습을 볼 수 있었다.

그리고 마가렛 꽃과 스위트피가 만발한 가운데에 무릎을 꿇고 그림을 그리는 나의 언니 롤라…… 언니의 등, 커다란 모자, 대담하게 그 주위를 날고 있는 하얀 나비, 핀을 꽂은 언니의 머리와 목덜미, 이혼이라는 큰일을 겪느라 앙상해진 팔뚝, 그리고 물감을 닦아내기 위해 바지 밖으로 꺼낸 티셔츠 자락. 조금씩 조금씩 물이 들어가는 새하얀 면 팔레트……

이번만큼 카메라가 없다는 사실이 아쉬웠던 적이 없었다.

피곤한 탓이라고 치부해 버릴 수도 있겠지만 나는 이토록 감상적인 가운데 갈피를 못 잡고 있는 것이 놀랍기만 했다. 저 세 사람이 너무도 소중하다는 생각이 새삼스럽게 떠올랐다. 우리의 어린 시절에서 남겨진 마지막 순간을 살고 있다는 느낌……

저 세 사람이 나의 인생을 풍요롭게 해준 지 어언 삼십 년…… 저들이 없다면 난 어떻게 될까? 언제인지는 모르겠지만 결국에는 삶이 우리를 갈라놓는 순간이 오고야 말겠지?

산다는 건 그런 거니까. 시간은 서로 사랑하는 이들을 갈라놓기 마련이니까. 영원한 것은 없으니까.

지금 우리가 누리고 있는 이것, 그리고 우리 넷이 느끼고 있는 이것은 약간의 여분일 뿐. 잠깐 붙잡아 놓은 것, 잠시 동안의 여유, 한순간 허락받은 은혜. 다른 이들에게서 훔쳐온 몇 시간……

이렇게 일상에서 빠져나와 우리만의 벽을 쌓을 수 있는 에너지를 얼마 동안이나 낼 수 있을까? 삶은 우리에게 이런 순간들을 얼마나 더 허락해 줄까? 몇 번이나 더 운명에게 맞설 수 있을까? 몇 번이나 더 이런 시간들을 챙길 수 있을까? 우리는 언제 서로를 잃을 것이며 우리를 이어주는 이 인연은 어떻게 끝날까?

몇 해가 더 지나면 우리도 늙어 있겠지. 그게 몇 년 후일까?

그리고 난 알고 있었다. 우리 넷 다 그런 예감을 하고 있었다는 것을. 우린 다 똑같으니까.
멋쩍어 말로는 표현하지 못하지만 지금 바로 이 순간 우린 그것을 알고 있었다.

한 계절이 끝나갈 무렵, 무너져가는 성의 발치에서 정말로 소중한 순간을 누리고 있다는 것을, 그리고 변화할 시간이 다가오고 있다는 것을. 뜻을 모아 감행한 우리의 탈출을, 이 정겨움을, 어쩐지 부드럽지만은 않은 이 사랑을 버려야만 한다는 것을. 끈을 놓아버려야 하겠지. 잡았던 손을 놓고 결국엔 강해져야 하겠지.
저 유명한 달톤 4형제(*실존했던 무법자 달톤 가족을 모델로 만든 서부영화. 1940년 작)들도 해가 저무는 가운데 제 갈 길을 갔어야 했다……

바보같이 혼자 울먹울먹하고 있는데 길 저 끝에서 뭔가가 보였다……

저게 대체 뭐야?

나는 벌떡 일어나 눈을 가늘게 떴다.

작은 짐승 한 마리가 힘겹게 내 쪽을 향해 오고 있었다.

다친 걸까? 그런데 무슨 동물이지?

여우?

혹시 오줌통을 매달아 올케가 파견한 여우 아냐?

토끼인가?

개였다.

믿기지가 않았다.

어제 차를 타고 오다가 본 바로 그 녀석, 자동차 뒤창을 통해 조그맣게 사라졌던 그 녀석이었다……

여기서 몇 킬로미터 떨어진 지점에서 눈이 마주쳤던 바로 그 개였다.

그럴 리가. 그 녀석일 리가 없어…… 하지만 바로 그 개인걸……

나, 이러다가 TV에 개 주인 찾아주기 프로그램에 나가는 거 아냐?

내가 쪼그리고 앉아 한 손을 내밀었지만 꼬리를 흔들 힘조차 없어 보이는 녀석은 두세 걸음 다가오더니 내 다리 사이에 풀썩 쓰러지고 말았다.

몇 초 동안 그렇게 가만히 있었다. 진저리가 쳐졌다.
개 한 마리가 내 발치에 와서 죽다니.

하지만 죽은 게 아니었다. 녀석은 괴롭다는 듯이 낑낑거리는 소리를 내며 발을 핥았다. 피가 흐르고 있었다.

언니가 다가왔다.
"얘는 어디서 나온 애야?"
나는 고개를 들고 희미한 목소리로 대답했다.
"나, 이제 허깨비가 보여."

우리 넷이 달려들어 녀석을 보살피기 시작했다. 벵상은 물을 가지러 갔고 언니는 먹을 것을 준비했고 오빠는 노란 방에서 쿠션을 슬쩍해 왔다.

밑 빠진 독처럼 물을 마시더니 먼지를 내며 풀썩 주저 앉은 녀석을 우리는 그늘로 안고 갔다.

정말이지 기묘한 사건이었다.

우리는 소풍 준비를 해서 강가로 내려갔다.

다시 올라갔을 땐 녀석이 죽어 있을 것이라는 생각에 목이 꽉 막혀 왔다. 자식, 어쨌거나…… 장소 하나는 잘 골랐군…… 울어줄 사람들도 잘 골랐고……

오빠와 동생이 포도주병을 물가의 돌 사이에 쓰러지지 않게 세워두는 동안 언니와 난 바닥에 담요를 깔았다. 막 자리를 잡고 앉으려는 순간, 벵상이 말했다.

"어어, 그 개가 다시 오고 있어……"

녀석이 힘겹게 또다시 나를 찾아와서는 내 엉덩이에 몸을 바싹 대고 웅크려 앉더니 이내 잠이 들어 버렸다.

"내 생각에는 이 녀석이 네게 바라는 게 있는 것 같아."
오빠가 말했다.

그러자 다들 나를 놀리며 낄낄거리기 시작했다.

"작은누나, 그런 표정 지을 것 없어! 이 개가 누날 좋아

하는 거야, 그뿐이라고. 자, 자…… 웃어, 치즈…… 심각
할 거 하나 없다니까."

"나더러 저 개를 어떻게 하라는 거야? 7층에 있는 코딱
지만 한 아파트에서 개를 기르는 내 모습이 어떨지, 생각
해 봐!"

"어쩔 수 없는 일이야. 이달의 운세, 기억 안 나니……
금성과 사자좌가 지배한다잖아. 그냥 포기하고 받아들이
시지. 아까 내가 얘기했잖아. 이게 바로 네가 준비해야 했
던 일생일대의 만남이란다……"

더욱 심하게 웃는 세 사람.

"운명의 징조라고 생각해. 이 개는 너를 구해주려고 온
거야……" 오빠가 말했다.

"……좀더 건전하고 균형 잡힌 생활을 하라고 말이지."
언니가 옆에서 거들었다.

"……아침에 일찍 일어나서 개 오줌 누이러 데려 나가
고, 운동복도 한 벌 사고, 주말마다 공원에 산책도 하러 가
고." 또다시 오빠.

"시간감각도 좀 챙기고, 책임감도 느끼고." 이번엔 벵
상이다.

나는 두 손 두 발을 다 들고 말았다.

"젠장, 그래도 운동복은 안 사 입을 거야, 뭐……"

포도주 병을 따던 벵상이 말했다.

"게다가 귀엽기까지 하잖아……"

유감스럽지만 나도 동감이었다. 털이 빠지고 좀먹고 꼬질꼬질한 데다가 몸에는 딱지가 덕지덕지 앉은 똥개일지언정 녀석은…… 귀여웠다.

"누나를 찾으려고 무진 애를 쓴 녀석이야. 모른 척하진 않을 거지?"

나는 허리를 굽히고 녀석을 자세히 들여다보았다. 역시 냄새가 좀 나는군……

"동물애호협회에 데려다 줄래?"

"이거 왜들 이래…… 왜 내가 이 개를 맡아야 하냐고? 말해두지만 얘는 우리가 같이 발견한 애야!"

"쟤 좀 봐! 널 보고 웃는다, 얘!" 언니가 탄성을 질렀다.

어라, 정말이었다. 녀석은 몸을 돌리더니 꼬리를 힘없이 흔들며 내 쪽으로 눈을 들었다.

아아…… 왜? 왜 하필 나야? 그나저나, 내 자전거 앞 바구니에 녀석이 들어갈까? 그리고 이미 나하고 유감이 많은 관리인 아줌마는 또 어쩐다지……

그건 그렇고 뭘 먹어야 하나?

몇 년이나 살까?

그리고 똥을 주워 담을 작은 자루도 하나 있어야 하는
거 아냐? 자동 목줄도? 게다가 극장 앞이나 자동판매기 옆
에서 만난 이웃들이 녀석의 앞발을 잡고 인사하는 동안
예의상이나마 수다를 떨어줘야 하는 거겠지?

오, 주여……

브루괴이 포도주가 차갑게 식어 있었다. 우리는 돼지갈
비를 뜯고 털이불만큼이나 두꺼운 고기파이를 베어 먹었
으며 미지근하고 달콤한 토마토의 맛을 음미했고 피라미
드 모양의 염소 치즈와 과수원에서 금방 딴 배를 먹었다.

참 좋았다. 콸콸 물 흐르는 소리, 나무들 사이로 지나가
는 바람소리, 새들이 지저귀는 소리가 났다. 여기서 바스
락, 저기서 사르륵, 구름을 쫓으며 과수원 위를 달리던 태
양이 강을 희롱했다. 나의 개는 행복에 겨운 신음소리를
내며 파리의 아스팔트를 꿈꾸었고 성가신 날벌레들이 우
릴 괴롭혔다.

우리는 10년 전, 아니 15년 전에 했던 것과 똑같은 이야기들을 했다. 어쩌면 20년 전에 했던 이야기들인지도 몰랐다. 읽은 책들, 본 영화들, 우리를 감동시켰던 음악들, 새로 발견한 사이트들, 전자도서관 갈리카 사이트를 비롯한 온라인상의 보물들, 우리를 기절초풍하게 만든 뮤지션들, 기차표, 콘서트, 그리고 온갖 핑계들, 어쩔 수 없이 놓친 전시회들, 친구들, 친구의 친구들, 이미 지나간—혹은 시작도 못해본—연애에 관한 이야기들. (연애라면 우리 넷 다 젬병이라서 시작도 못해본 경우가 대부분이었지만.) 나는 내 차례를 기다리며 세 사람의 이야기에 귀를 기울였다. 우리 넷은 풀밭 위에 드러누워 갖가지 종류의 작은 벌레들에게 물어뜯기면서 서로를 놀리며 깔깔거렸다. 햇볕이 따사로웠다.

그러다가 언제나처럼 부모님 이야기를 했다. 엄마, 그리고 우리 대장에 관해. 그분들의 새 삶에 관해. 두 분의 애인들과 우리의 미래에 관해. 요약하자면 우리들의 인생을 풍족하게 해 준 몇몇 사람들과 소소한 사건들에 관해.

대단한 이야기도, 거창한 세계도 아니었으나…… 이야기는 끝이 나지 않았다.

아름다운 하루 143

오빠와 언니는 아이들의 이야기를 들려주었다. 얼마나 자랐는지, 무슨 말썽을 부리는지, 어떤 말들을 하는지. 그 중에는 잊어버리기 전에 어딘가에 적어두어야 할 만한 문장들도 있었다. 벵상은 한참 동안이나 음악에 대한 고민을 털어놓았다. 과연 음악을 계속 해야 할까, 어디에서, 어떻게, 누구랑, 무슨 희망을 품고…… 나는 나대로 새로운 룸메이트(이번엔 신원이 확실한)며 내가 하는 일에 관한 이야기들과 앞으로 좋은 판사가 될 수 있을지 잘 모르겠다는 이야기를 했다. 그 오랜 세월 동안 공부를 해 놓고도 자신이 없었다. 불안했다.

혹시 방향을 잃은 게 아닐까? 어디서부터 잘못된 걸까? 누군가 어디에서 나를 기다리고 있을까? 오빠와 언니, 벵상이 기운 내라고 말해 주었다. 분발하라고. 난 그들의 친절한 말에 겉으로나마 그러겠다고 고개를 끄덕였다.

어쨌거나 우린 서로에게 기운을 내라고 다독여주었고 다들 그러겠다고 마음먹는 척했던 것이다.

사는 게 다 그런 거니까. 약간의 허풍으로 견뎌보는 거니까.

길을 모두 덮기엔 너무 짧은 카펫, 모자란 동전. 붙잡고 따라가기엔 너무 허약한 손…… 원대한 꿈을 품은, 그러나 매월 5일이 되면 집세를 내야 하는 우리들은 그것을 너무나도 잘 알고 있었다.

그래서 우리 넷은 용기를 얻기 위해 포도주 한 병을 더 땄다.

벵상이 털어놓은 최근의 청춘사업 진행상황에 우리는 한참을 웃었다.

"이거 왜들 이래. 내 입장이 되어 보라고! 그 애를 두 달이나 따라다녔어. 게다가 학교 앞에서 여섯 시간을 기다렸고 레스토랑에서 세 번이나 밥을 샀단 말이야. 집이 타타우인-레-벵에 있는데 거기까지 스무 번 바래다준 건 또 어떻고. 그뿐인 줄 알아? 좌석 하나에 110유로나 하는 오페라 티켓을 사 가지고 데리고 갔었다고! 빌어먹을!"

"그런데 아직도 둘 사이에 아무 일도 없었어?"

"그렇다니까. 정말 아무것도 못해 봤어. 하나도. 젠장! 이백이십 유로나 썼는데! 그 돈이면 디스크를 몇 장이나 살 수 있는지 알아?"

"야, 남자가 치사하게 그런 계산이나 하고…… 그 애가 그렇게 나오는 것도 이해가 간다." 언니가 빈정거렸다.

"근데 너, 시도는 해 봤어? 키스나 뭐 그런 거." 내가 천
연덕스럽게 물었다.

"아니. 그럴 용기가 없었어. 그래서 더 어처구니가 없
는 거야⋯⋯"

빗발치는 조롱.

"내가 소심하다는 거, 나도 알아. 바보지 뭐⋯⋯"

"그 애 이름이 뭔데?"

"에바."

"어느 나라 애야?"

"몰라. 걔가 말해주긴 했는데 알아듣지를 못했어⋯⋯"

"그랬구나⋯⋯ 그런데, 음⋯⋯ 둘 사이에 뭔가가 시작
된 것 같기는 해?"

"꼭 그렇다고 할 수는 없고⋯⋯ 하지만 걔가 자기 엄마
사진을 보여줬어⋯⋯"

너무하다, 너무해.

돈 주앙이 물수제비를 연신 실패하는 동안 우린 풀밭
위에서 뒹굴거렸다.

"와아⋯⋯ 그거 나 줄래?"

언니가 스케치북에서 한 장을 찢어 내게 주었다. 하늘

을 올려다보며.

언니에게는, 나의 언니에게는 햇볕 아래 맥없이 웅크리고 있는 내 용감한 개의 우아함을 바라보는 눈이 있었다. 생각해보니 그토록 집요하게 나를 쫓아다닌 수컷은 그 녀석뿐이었다……

다음 페이지에는 아주 예쁘게 보이는 각도에서 성을 그린 석 장의 그림.

"영국식 정원에서 바라본 거네……" 벵상이 말했다.

"우리, 대장에게 이 그림을 보내는 게 어때? 다들 한두 마디씩 적어서." 언니가 제안을 했다.

(우리 대장에게는 휴대폰이 없다.) (물론 대장은 집 전화도 놓아 본 적이 없다……)

언제나 그랬듯이 언니의 아이디어는 좋은 생각이었다. 그리고 앞으로도 영원히 그러하겠지만 언제나 그랬듯이, 우리는 맏이인 오빠의 지휘에 따랐다.

여름방학 캠프를 마치고 올라탄 버스 안의 분위기가 났다. 손에서 손으로 넘어가는 볼펜과 종이. 보고 싶어요, 잘 지내시죠, 애정을 담은 문구, 농담, 작은 하트, 그리고 키스를 보내요.

문제는(우리 대장의 잘못이 아니다. 이게 다 68혁명 때문이다), 이 편지를 어디로 보내야 할지를 모른다는 것이었다.

"브라이튼 현장에 계실 것 같은데……"

"그럴 리가 없어. 거긴 너무 춥잖아! 대장도 이젠 노인이라 류머티즘 증세가 있다고! 아마 리처드 로지랑 발렌시아에 계실걸." 벵상이 농담 반 진담 반으로 말했다.

"정말? 지난번에 연락이 닿았을 땐, 마르세유에 계셨는데……"

"……"

"좋아. 일단은 내가 가방 안에 잘 넣어둘게. 대장이랑 먼저 연락되는 사람이 알려주는 걸로 하자."

침묵.

벵상은 우리가 그 침묵을 듣지 못하도록 코드 몇 개를 잡아주었다.

가방 안에……

다시 한 번 꼭꼭 숨겨진 우리의 키스. 열쇠꾸러미와 수표책과 함께 갇힌 우리의 마음.

포석 밑에는, 아무것도 없다.(＊68혁명의 슬로건 중 "포석 밑에는 해변이."를 변형한 표현)

다행히도 내겐 멍멍이가 있으니! 온몸이 벼룩으로 뒤덮인 녀석은 끊임없이 사타구니를 핥았다.

"가랑스, 왜 그렇게 웃는 거야?"

"그냥. 내가 정말 운이 좋은 것 같아서……"

언니는 물감을 다시 꺼냈고 오빠와 벵상은 강으로 들어갔다. 그리고 난 점점 더 기력을 회복해가는 나의 사랑스러운 개를 지켜보았다. 그리고 녀석에게 다져 볶은 고기를 바른 빵조각을 주었다. 나쁜 녀석, 빵을 뱉어내다니.

"이름은 뭐라고 지을래?"

"모르겠어."

이제 가봐야겠다는 말을 꺼낸 건 언니였다. 아이들이 돌아오기 전에 집에 도착하고 싶다고. 우리 모두 어쩐지 들떠 있는 것 같았다. 아니, 그보다는 불안해하고 있었다.

이 순간이 바스러질 것만 같은 느낌에 우린 씁쓸한 미소
를 지었다.

　뱅상이 몇 달 전에 빌려간 내 아이팟을 돌려주었다.
　"자, 약속한 대로 이것저것 넣었어······"
　"어머, 고마워! 내가 좋아하는 노래들이 다 들어 있는
거니?"
　"아니. 다는 아니고. 아무튼 들어봐, 괜찮을 거야······"
　우리는 서로의 볼에 입을 맞추고 어색함을 털어버리기
위해 짓궂은 농담을 주고받은 다음 자동차에 올라탔다.
오빠가 속력을 낮추고 해자를 건너는 순간 나는 창문 밖
으로 몸을 내밀고 외쳤다.
　"어이! 오만한 마음!"
　"왜?"
　"나도 너에게 줄 선물이 있어!"
　"뭔데?"
　"에바."
　"에바라니?"
　"에바가 모레 고속버스로 투르에 올 거야."
　뱅상이 우리 쪽으로 달려왔다.

"뭐라고? 그게 대체 무슨 헛소리야……?"

"헛소리가 아니야. 조금 전에 우리가 에바에게 전화를 했거든. 네가 수영하고 있는 동안."

"거짓말…… (하얗게 질리는 뱅상.) 걔 전화번호도 모르면서."

"네 휴대폰 전화번호부를 찾아봤지롱……"

"말도 안 돼."

"네 말이 맞아. 말도 안 돼. 하지만 혹시 모르니까 터미널에 나가보도록 해."

온통 빨개지는 뱅상.

"에바한테 뭐라고 한 거야?"

"지금 네가 큰 성에서 살고 있다고. 그리고 에바가 꼭 들어야 하는 멋진 솔로 곡을 작곡했다고. 아마 예배당에서 연주를 해줄 텐데 정말 로맨티추노할 거라고……"

"로맨…… 뭐라고?"

"세르비아 크로아티아 말이야."

"안 믿어, 못 믿어!"

"그래? 할 수 없지 뭐. 노노한테 역에 나가 보라고 해야겠다……"

"형, 정말이야?"

"난 모르는 일이지만, 이 두 심술쟁이들에게 불가능한 게 뭐가 있겠니……"

이제 분홍빛으로 달아오른 벵상.

"정말이지? 에바가 모레 온단 말이지?"

오빠가 차를 다시 출발시켰다.

"고속버스로 오후 여섯 시 사십 분 도착이야!" 언니가 정확한 시간을 알려주었다.

"피둘 빵집 앞에 있는 터미널로 가!" 내가 언니의 어깨 너머로 외쳤다.

벵상이 백미러에서 완전히 사라졌을 때 오빠가 말했다.

"가랑스?"

"응?"

"피둔 빵집."

"아, 그렇지. 피둘이 아니라 피둔. 어어, 저기 좀 봐. 그 변태 자식이야…… 콱 받아버려!"

벵상의 선물은 고속도로에 접어든 다음에 듣기로 했다.

언니가 마침내 큰맘을 먹고 오빠에게 행복하느냐고 물었다.

"카린 때문에 그런 걸 묻는 거니?"

"그저 조금은……"

"너희가 아는지 모르겠지만…… 그 사람, 집에서는 더 다정해…… 너희들이 옆에 있으면 좀 신경질적이 되는 거 같아. 아마 질투가 나는 거겠지…… 내가 자기보다 너희들을 더 좋아한다고 생각하는 것 같기도 해. 그리고…… 그리고 너희는 자기가 못 가진 것들을 가졌다고도. 너희의 그 가벼운 면들이 그 사람을 당황시키는 거야. 로슈포르의 아가씨들(*〈셸브르의 우산〉을 감독한 자크 데미의 1967년 작 뮤지컬 영화. 카트린느 드 뇌브, 진 켈리 출연. 사랑을 찾아 로슈포르 거리를 찾은 활달한 성격의 쌍둥이 자매 이야기를 그렸다.) 같은…… 카린은 콤플렉스를 느끼는 거야. 인생이 마치 쉬는 시간의 운동장 같다고 생각하는 그런 것, 이해하겠니? 너희는 인기가 많은 여고생들이고 자신은 반에서 일등을 한다는 이유로 왕따를 당하는 입장이고. 왜, 그런 애들 있잖아, 늘 둘이 꼭 붙어다니는 애들, 예쁘고 재미있고 그리고 선망의 대상인 애들."

"올케가 그렇게 생각한다면……" 언니가 차창에 이마를 기대며 말했다.

"카린의 생각이 꼭 그렇다는 건 아니야. 하지만 너희들 옆에 있으면 완전히 따돌림을 받는 기분이 드나 보더라. 그래, 그 사람, 가끔 고약하게 구는 건 사실이야, 하지만 내가 카린을 만난 건 행운이야…… 카린은 내가 발전하도록 날 자극하고 뭔가를 하게끔 만들어. 카린이 없었다면 난 아직도 곡선이나 방정식 따위에 파묻혀 있었을 거야, 정말이야. 카린이 없었으면 난 지금까지도 지붕 밑 자취방에서 양자역학 시험공부를 하고 있었을 거라고!"

오빠가 잠시 입을 다물었다.

"게다가 카린은 내게 너무나 멋진 선물을 둘이나 주었잖니……"

고속도로 요금소를 지나자마자 나는 아이팟을 카오디오에 연결시켰다.

자, 사랑하는 동생…… 어떤 걸 준비했는지 어디 한 번 들어볼까?

병상을 믿는 우리는 다 함께 미소를 지었다. 오빠는 안전벨트를 약간 느슨하게 하고 몸을 옆으로 비껴 자리를 넓혀 주었고 언니는 등받이를 뒤로 젖혔다. 내가 언니 어깨에 턱을 댈 수 있도록.

 마빈이 부른 서커스 '무슈 로얄'의 주제곡 : 소중한 나의 사람…… 이 앨범을 당신에게 바칩니다…… 관절운동용으로 미리암 마케바가 부른 파타파타, 보스의 헝그리 하트(이 곡을 넣은 이유? 벌써 십오 년 동안 우리의 엉덩이를 들썩이게 한 곡이니까), 그리고 목록 저 아래에는 굶주린 마음에 양식을 주기 위한 더 리버. 회전속도를 최고로 높인 마이클 잭슨의 비트 잇, 아름다웠던 주말을 기억하자는 의미에서 큐어의 프라이데이 아임 인 러브(미안, 볼륨을 좀 줄여야겠다), 우리 넷을 가르쳤던 모든 영어 선생님들을 다 합한 것보다 더 효과적으로 영어를 가르쳐주었던 펄프의 커먼 피플. 그리고 보비 라푸엥트의 슬픈 넋두리, 넌 그 누구보다 예뻐…… 하지만 마음은 그렇지 않아, 네 마음은 차갑기만 하네…… 역시 라푸엥트의 물고기 엄마, 그리고 에디 미첼이 노래하는 엄마, 엄마, 난 이제 열네 살이 되었어요…… 약속할게요, 돈 많이 벌어다 드릴게요…… 그 다음엔 뮤지카 누다가 자신만의 버전으로 멋지게 소화한 아이 윌 서바이브, 그리고

안젤라 맥클러스키의 마구 갈라진 목소리로 읊조린 마이
퍼니발렌타인. 역시 안젤라가 부른 천하의 바람둥이도 울
고 갈 돈 익스플레인…… 새틴 조끼가 트레이드마크인 크리
스토프가 부른 쎄 라 돌체 비타…… 요요마가 연주한 엔니
오 모리코네의 곡, 그리모가 연주한 로랑 불지의 곡, 그리
고 처녀나 다름없는 이 두 누나들을 향해 아이 원트 유를 수
없이 외치는 밥 딜런. 자자(Zaza), 고약한 냄새가 나도 난 널
사랑해……라고 노래하는 토마 페르셍 (이 남자의 무릎 위
에 올라앉을 수만 있다면 뭐든 다 내놓겠는데. 이 사람의
가방 안에 들어갈 수만 있어도 좋을 것 같아……) 다음 곡
은 니나 시몬느의 애절한 목소리, 운명이 우리를 이끄는 곳으
로 가요, 게르멘느, 우리 방식대로 살아요…… 날 사랑하기 싫으면
차라리 떠나버려요 바로 그때 난 언니가 눈가를 닦는 모습
을 목격했다…… 쯧쯧…… 벵상이 누나가 슬퍼하는 모습
을 본다면 가슴이 얼마나 미어질까? 그래서인지, 동생은
원기회복용으로 장 자크 골드만의 노래를 넣어두었
다…… 우린 그렇게 어쩔 수 없이 사랑을 했지…… 이브 몽탕은
폴레트를 추억했고 알랭 바슝은 바슝을 추억했다…… 꿀
벌 치는 남자는 서서히 죽어가네…… 파타슈가 짐짓 순진한 척
하며 부른 신부와 가 보지 못한 무도회, 다들 너무 처져 있다

고 고래고래 소리를 지르는 비요르크, 카미유(*안나 가발다의 전작 소설 『함께 있을 수 있다면』의 여자주인공)가 듣고 기뻐할 비발디의 니시 도미누스, 마틸드(*안나 가발다의 소설 『위로』의 등장인물)가 너무나도 좋아하던 닐 해넌. 캐슬린 페리어의 알토 음색이 매력적인 말러, 글렌 굴드의 바흐와 세계의 평화를 위해 연주한 로스트로포비치. 엄마가 손가락을 빨며 잠들어가는 우리 곁에서 불러주시던 앙리 살바도르의 잔잔한 노래들. 달리다의 그 남잔 열여덟 살이 되었지만 아이처럼 귀여웠어…… 내가 더 이상 살기 싫다고 자포자기했던 시절에 나를 구해준 뮤지컬 코미디 영화 입술은 안 돼요의 주제곡. 그 다음은 마치 일기예보 같은 노래들로 바르바라가 노래하는 낭트의 비, 루이 마리아노가 요들로 노래한 멕시코의 태양이 계속되었다. 계속되는 곡, 피엥 트레드질이 연신 되뇌는 클로즈 투 미를 들으면서는 잠시 그래, 남자들이여, 클로즈 투 미라니까 라고 중얼거려주고…… 엘라 피츠제럴드의 우아한 목소리와 멋지게 조화를 이룬 역시 우아한 목소리의 콜 포터. 다음 곡은 우아함과는 정반대되는 신디 로퍼. 나는 내 멍멍이를 폼폼처럼 흔들어대며 오우, 대디, 더 걸즈, 저스트 워나 투 해브 펀!을 외쳤고 벼룩들이 마카레나를 추며 사방으로 흩어졌다.

그 외에도 수많은 곡들…… 몇 메가바이트의 행복……

작은 눈짓, 추억, 형편없던 저녁의 엉망진창 슬로우 댄스, 뮤직 워즈 마이 퍼어스트 러브(심미안을 가진 분들은 동감하리라), 클레츠머(*동유럽 유대인들의 음악), 모타운, 교외 술집에서 연주되는 소박한 음악, 그레고리안 성가, 브라스밴드 곡 혹은 장엄한 오르간 곡, 그러다 갑자기 자동차 경적소리와 부산스러운 소리가 나더니 레오 페레와 아라공의 놀란 목소리. 우리네 삶이 이런 것이었던가?

음악이 계속될수록 눈물을 참기가 힘들었다. 그래, 뭐, 아까도 말했지만 피곤해서 그런 거다. 하지만 목구멍을 꽉 메운 뭔가가 점점 커지는 이 느낌은 뭘까.

갑자기 이 모든 것이 너무 감동적으로 다가왔다. 나의 오빠 시몽, 나의 언니 롤라, 내 동생 뱅상, 무릎 위의 내 멍멍이 허깨비, 그리고 아주 오래 전부터 내가 살아갈 수 있도록 도와준 이 모든 음악들……

흠, 코를 좀 풀어야겠다……

음악이 모두 끝났다. 이제 좀 괜찮아지겠거니 했더니 스피커에서 망할 녀석 뱅상의 목소리가 흘러나왔다.

"자, 작은누나. 이게 다야. 내가 잊은 게 없었으면 좋겠는데…… 아, 잠깐, 깜빡한 게 있어, 차 타고 가는 동안 들을 마지막 곡……"

이어진 음악은 레너드 코헨이 부른 제프 버클리의 **할렐루야** 후렴 부분이었다.

기타 연주의 첫 소절 부분에서 난 눈물을 참기 위해 입술을 깨물고 자동차의 실내등을 노려보았다.
백미러를 살짝 움직여 나를 살피는 오빠에게 그 모습을 꼼짝없이 들키고 말았다.
"괜찮니? 그렇게 슬퍼?"
"아냐. 너무나…… 너무나 행복해서 그래." 결국 나는 터져 나오는 눈물을 참지 못했다.

우리는 한 마디도 나누지 않고 나머지 길을 달렸다. 영화의 필름을 되감으며, 내일을 꿈꾸며.
쉬는 시간 끝. 곧 종이 울릴 테니 두 사람씩 짝을 지어 줄을 서도록.

다들 조용히.

조용히 하라니까요!

오빠는 언니를 포르트 오를레앙에서 먼저 내려주고 내 아파트 현관 앞에 차를 세웠다.

차가 다시 출발하려는 순간, 내가 오빠의 팔을 잡았다.

"잠깐만 기다려. 2분이면 돼……"

나는 라시드네 가게로 뛰어갔다.

"자. 심부름은 잊지 말아야 하잖아……" 나는 쌀 한 봉지를 오빠에게 건넸다.

빙긋이 웃는 오빠.

오빠는 오래도록 팔을 들고 있었다. 차가 길모퉁이를 돌아 사라지고 난 다음 나는 라시드네 가게로 되돌아가 크로켓과 강아지 밥 통조림 한 개를 샀다.